낙타의 관절은
두 번 꺾인다

낙타의 관절은
두 번 꺾인다

effy

펴냄양 ❄

延 series

에피

아
침
놀

만 27세 유방암 환우.

피하고 싶은 단어들로 만든 조합이지만 나를 설명할 때 이보다 완벽한 말은 없을 것이다. 직장과 인간관계가 주된 고민거리였던 평범한 직장인, 가까운 사람들과 맥주 한 잔으로 하루의 고단함을 달래던 만 27세의 겨울이 이토록 차가울 줄이야.

암 2기로 죽지는 않는다고 했다. 하지만 갑작스러운 수술, 항암, 방사선 치료를 연이어 받는 동안의 삶은 살아도 사는 것이 아니었다. 세상에 혼자 떨어진 기분이었다. 함께해주는 가족들이 있었음에도 온전히 혼자 이겨내야 하는 순간들이 많았다. 요즘 젊은 암 환자가 많아졌다고 들었는데 내 주변에는 없었다.

블로그에 일기를 쓰기 시작한 것은 이때부터였다. 어린 나이에 병에 걸리고 나니 주변에 알리는 문제가 은근 고민거리였다. 분명 위로 받고 싶었다. 그러나 친구나 선후배, 직장동료 그 누구에게도 입이 떨어지지 않았다. 고민만 하다가 결국 아무에게도 말하지 못했다. 나의 불행이 가벼운 가십이 될 것만 같았다. 술 마시고 놀 땐 만날 사람이 많았는데 막상 힘들 땐 기댈 곳을 찾기가 어려웠다. 그래서 아무도 없는 방에서 혼잣말을 중얼거리듯 인터넷이라는 가상의 공간에 투병일기를 써나가기 시작했다. 내용은 주로 치료 과정의 고통스러움과 남에게 말하기 어려웠던 속내였다. 동시에 표준 치료가 끝나면 하고 싶은 것들을 적으며 매일 나 자신을 다독였다.

'치료가 끝나면 다시 예전처럼 하고 싶은 건 뭐든 할 수 있을 거야.' 그러나 표준 치료가 끝나고 보니 그것이 곧 완치의 의미는 아니었다. 모든 것이 만만치 않았다. 10kg이 넘게 불어난 체중과 민둥산 같은 머리, 누가 봐도 환자인 내 모습에 우울했다. 앞으로 어떻게 살아야 할지 현실적인 문제 역시 괴로웠다. 다시 직장을 구하지 못하면 어쩌지? 결혼은 할 수 있을까? 게다가 최소 5년 이상 재발에 관한 걱정을 안고 살아야 한다니……. 생각할수록 억울했다. 항암 치료를 받느라 살이 찌고, 체력이 약해졌고, 자유를 빼앗겼다. 항암 주사 부작용으로 손톱과 발톱이 까맣게 죽어서 빠져나갔을 때, 방사선에 노출된 가슴이 까맣게 탔을 때, 나는 처절하게 삶을 원했다.

Si vis vitam, para mortem. 삶을 원하거든 죽음을 준비하라. 이상하게도 완치 후를 생각할수록 삶의 마지막 순간이 떠올랐다. '건강해지면 하고 싶은 것들'의 다른 이름은 곧 '못해보고 죽는다면 아쉬울 것들'이었다. 그 중의 하나가 여행이었다. 그래서 떠나기로 결심했다. 언제 죽음의 그림자가 드리워질지 모른다는 생각을 잠시 잊고 나 자신에게만 집중하는 시간을 가지기 위해서.

처음 비행기 표를 끊은 날엔 온 가족이 걱정했다. 환자가 말도 안 통하는 곳으로 여행을 간다니 당연한 반응이었을 것이다. 하지만 꼭 가고 싶었다. 시차가 나는 곳에서는 약을 먹는 시간마다 꼭 전화 하겠노라 약속을 하고서야 짐을 꾸릴 수 있었다.

블로그에도 걱정과 염려, 격려의 댓글이 많이 달렸다. 매일 같은 시간에 호르몬제를 먹어야 하고, 정기적으로 주사를 맞아야 하는 상황에서 떠나는 장기 여행. 어쩌면 젊은 날의 투병 기간을 보상받기 위해 악착같이 세상을 쏘다녔는지도 모르겠다. 그 기록이 어느새 열 손가락으로도 세기 힘들 정도가 되었다. 낯선 곳에서 다양한 경험이 쌓일수록 나의 내면은 단단해졌다. 이제 가상의 공간에 혼잣말처럼 기록했던 것들을 책으로써 현실에 남기고 싶다.

죽음 앞에서 삶의 유한성을 조금은 빨리 느꼈던 나의 경험이 누군가에게 작은 위안이 되었으면 한다.

"R edition이 나오기까지 응원해 주신 모든 분들께... 사랑합니다."

아침놀

이제 혼잣말처럼 기록했던 것들을 ... 9

3부. 마음이 가리키는 방향

4부. 날마다 좋은 하루

1부

스물 여덟, 유방암 환자가 되다

키 169cm, 주량 소주 다섯 병.
일주일에 약속을 일곱 개씩 잡는 '인싸'이자,
이틀 밤을 새우고도 멀쩡한 체력을 가진 20대 직장인.
다른 것은 몰라도 건강만큼은 자신이 있었다.

'암입니다'라는 네 글자로
한 순간에 인생이 달라졌다.

내가, 암이라고?

수상한 몽우리

2016년의 어느 날, 샤워를 하다 가슴에 작은 멍울이 만져졌다. 그냥 넘기기에는 아무래도 이상했다. 마치 지우개 조각 같은, 단단하면서도 물렁해서 살이라고 하기엔 이질적인 느낌이었다. 조금 불안한 마음에 가슴 몽우리를 인터넷에 검색해 보았더니 다행히 섬유선종인 것 같았다. 섬유선종은 20대부터 50대 사이의 여성에게는 호르몬 불균형 따위의 이유로 흔하게 생긴다는 이야기를 들은 적이 있었다. 조금 더 검색해 보니 '맘모톰'이라는 이름의 시술로 간단히 제거할 수 있다고 한다.

맘모톰은 바늘로 종양을 빨아들이는 시술로, 회복이 빠르고 간편하다. 대신 바늘이 빨대만큼 굵고 비용이 많이 든다. 빨대만 한 굵기의 바늘을 상상하자니 괜스레 등 언저리가 간지러운 느낌이 들어 나도 모르게 몸이 배배 꼬였다. 100만 원이 넘는 시술 비용 역시 꼭 안 써도 될 돈 같아서 조금 아까웠지만, 마음먹은 김에 '만지면 기분이 이상한 그것'을 내 몸에서 당장 없애버리고 싶었다. 곧바로 직장에 반차를 내고 다음 날 아침 일찍 동네의 여성 병원으로 향했다.

한 동네에 20년 이상 살면서도 그 자리에 여성 병원이 있는 줄 몰랐다. 산부인과는 가봤어도 유방외과는 이름조차 생소했다. 어색하게 접수처에 가서 가슴에 멍울이 만져진다고 말했다. 엑스레이부터 찍어보자고 한다. 유방 촬영은 기계를 끌어안고 작은 틈에 가슴살을 밀어 넣어야 했는데, 자세가 참 우스꽝스러웠다. 기계는 내 가슴으로 호떡이라도 만들려는 듯이 위아래로 압박을 가했다. 너무 아파서 눈물이 찔끔 나왔다. 짓눌린 가슴의 얼얼함이 채 가시기도 전에 진료실에 들어갔다. 젊은 남자 의사라니! 초음파 진료를 위해 민 가슴을 보여야 하는데 난처했다. 내 마음을 아는지 모르는지 의사는 초음파 기계를 내 가슴에 댄 채 모니터 화면만을 뚫어져라 쳐다보고 있었다.

"결혼하셨어요?"

한참 모니터를 바라보다가 아직이라는 내 대답을 듣고 나서야 내 얼굴을 본다. 스물여덟 살 내 또래에게 흔한 질문이다. 하지만 진찰대에 누운 상태에서는 그 질문도 무겁고 불편하게 느껴졌다. 어두운 표정의 의사나 아픈 기계, 가슴의 이상한 멍울까지 그냥 다 싫었다. '결혼 얘기는 뭐하러 물어보는 거야? 얼른 맘모톰인지 뭔지 좀 하고 나 좀 여기서 내보내 줬으면.'

의사는 그 자리에서 바로 조직 검사도 하자고 했다. 마취를 하고 총같이 생긴 기구를 이용해 조직을 채취했다. 통증이 없을 뿐이지 느낌은 생생했다. 면도칼로 가슴을 살짝 절개하는 느낌이나 탕! 소리가 난 후의 찌르는 느낌까지. 확대 수술이라도 하지 않는 이상은 흉 질 일이 없을 것만 같던 가슴이 뜨거워졌다. 피였다. 주먹보다 더 큰 솜덩어리로 지혈을 하며 조직 검사 결과를 일주일 후에 알려준다는 말을 들었다. '양성 종양은 문자로 알려주지만 악성 종양이면 병원으로 오셔야 해요.' 라는 간호사의 말을 뒤로 한 채 멍하게 지혈 솜이 빨갛게 물드는 것을 바라보았다. 그다지 느낌이 좋지 않았지만 당장은 병원을 벗어날 수 있어서 좋았다. 조금 불안한 건 생각지도 못하게 피를 봐서 그런 거겠지?

에이, 나 이제 고작 스물여덟 살인데
별일이야 있겠어?

암 입니다

4일이 지났다. 조직 검사를 했던 가슴이 가끔 콕콕 쑤시는 것 외에는 평소와 다름없이 잘 지냈다. 검사를 받은 날에는 조금 심란했지만, 연말이라 바쁜데 실체도 없는 불안함에 오래 매여 있을 수는 없었다. 자기 전에 불안하다가도 생활하는 시간에는 생각하지 않으려고 애썼다. 하루 이틀이 지나니 막연한 불안은 없어진 것 같았다. 그런데 4일째 되는 날, 그날따라 일에 방해가 될 것 같아 가방에 던져 놓은 핸드폰이 유난히 웅웅거렸다. 퇴근할 때 꺼내보니 부재중 전화가 네 통이나 와 있었다. 발신자는 병원이었다.

'뭐지? 결과는 문자로 보내는 것 아니었어?'

간단하게 '암이 아닙니다.'라는 짧은 문자를 기대했던 나는 갑작스러운 전화에 당황했다. 무슨 말을 듣게 될지 모른다는 생각에 불안해졌다. 무슨 정신으로 퇴근을 하고 택시를 잡았는지 모르겠다. 출근 시간에는 멀게만 느껴졌던 동네인데 너무 빠르게 도착한 것 같았다. 빨리 도착하고 싶어서 택시까지 타 놓고 막상 병원 입구에서는 들어가기 무서워서 주변을 한참 돌았다. 손발이 덜덜 떨렸다. 그 이유가 겨울바람이 차가워서인지 마음이 불안해서인지 알 수 없었다.

"암입니다." 오른쪽 가슴의 떼어낸 조직에서 악성 종양이 발견되었다고 했다. 종양의 크기가 2cm 정도이고 림프에도 무언가 있다고, 서둘러 상급 병원으로 가라고 한다. 그제서야 검사 중에 심각했던 의사의 표정이 이해가 됐다. 종양이 양성인지 악성인지 알기 위해서는 조직 검사를 해야 정확하다고 한다. 하지만 나의 경우는 애초에 초음파로 본 모양이 좋지 않았었나 보다. 내가 암 선고를 들은 병원은 종합 여성 병원이다. 유방외과 바로 위층에 산부인과가 있다. 어디선가 아기 울음소리가 들려왔다. 새로운 생명이 태어나고 있는데 나는 여기서 암 선고를 받다니 너무 현실감이 없다. 혹시 이 상황이 현실이 아닌 것은 아닐까? 병원은 무대, 의사와 간호사도 모두 엑스트라이고 누군가 나를 위에서 바라보는 것은 아닐까? 하는 생각마저 들었다. 속아도 좋으니까 거짓말이라고 해줬으면.

"오진일 가능성은 없나요?" 쉰 목소리로 쥐어짜낸 듯한 나의 물음에 아무도 대답하지 않았다. 이 상황은 의사의 실수일 가능성도, 트루먼 쇼도 아닌 것이다. 상급 병원에 가려면 필요한 서류들과 떼어낸 조직, 초음파가 담긴 CD 등의 꾸러미, 진료

비 2만 5천 원, 의사의 무거운 표정까지. 모든 요소가 이것이 현실이라고 확인시켜 주는 것만 같았다. 콕콕 쑤시던 가슴의 상처가 찌르는 듯 아팠다. 서류 봉투로 가슴을 짓누르며 터질 것 같은 울음을 참았다. 집에 가야 하는데 도무지 발이 떨어지지 않았다.

2016년 12월 23일, 크리스마스를 하루 앞두고 나는
스물여덟 살의 나이로 유방암 환자가 되었다

'큰일 났어'

 네 글자밖에 안 되는 내 메시지를 읽자마자 언니가 조퇴를
하고 달려왔다. 부모님께 뭐라고 말씀드려야 할지 걱정하는 내
게, 잘못한 것도 없는데 왜 어떻게 얘기할지를 걱정하냐고 했다.
내 편이 있다는 생각에 조금 마음이 놓였다. 그렇다고 크게 위로
가 되진 않았다. 내가 잘못한 건 없는데도 뭔가 크게 잘못한 것
같았다.

 언니는 이름을 들어본 모든 병원에 전화를 걸었다. 전화 연
결이 어렵거나 내진하기까지 오래 기다려야 한다는 이야기를 들
으면, 조급해하면서 짜증을 냈다. 나는 오히려 멍했고 덤덤했다.
큰일 같은데, 당장 내일 갈 수 있는 병원이 없다니. 이제껏 몰랐
는데 생각보다 세상에는 아픈 사람이 많은 것 같다.

병원으로 가는 길

"여기 생각보다 괜찮은데?"

비장한 표정으로 병원을 찾은 우리 가족 중, 막내 이모가 제일 먼저 입을 여셨다. 병원은 의외로 활기를 띠고 있었다. '누구 어머니가 암이었다더라' '누구 아버지가 암으로 돌아가셨다더라' 따위의 이야기는 들어봤어도 가까운 사람에게 생긴 일이 아니니 현실감이 없었다. 암이라는 것은 TV에만 나오는 것, 혹은 나이가 들어야만 걸리는 병인 줄 알았다. 그런데 내가 암이라니!

청천벽력 같은 암 진단 소식도 충격이었지만 더 큰 충격은 병원을 예약하기조차 쉽지 않다는 것이었다. 유방암으로 유명한 의사의 경우, 두 달을 기다려도 만나기 힘들다고 했다. 수십 번의 통화 끝에 간신히 예약한 국립암센터조차 아픈 사람들로 바글바글했다. 암 환자 중에서도 건강해 보이는 사람은 많았다. '이상하네, 인터넷에서 본 암 병원은 부정적인 정보가 대부분이었는데……' 대머리, 힘없이 휠체어에 앉아있는 노랗게 뜬 얼굴. 내가 상상한 암 환자의 모습이었다. 곧 나도 그렇게 될 것만 같고, 병원에서도 나를 동정할 줄 알았다. 그러나 간판에 '암'이 추가되었을 뿐, 암 병원이 일반 병원과 크게 다를 것은 없었다. 그점이 조금 위안이 되었다. 암 환자들은 다 한다는 중증 환자 등록을 했다. 암의 종류에 따라 차트 색상이 달랐다. 다양한 색깔의 종이를 들고 다니는 암 환자들 사이를 비집고 들어가 나도 내 이름이 적힌 종이를 받아왔다. 유방암은 핑크색 종이였다.

'너무 정신이 없어서 슬퍼할 겨를도 없겠다.'

대기 의자에 앉아 검진표를 손으로 흔들면서 한 생각이었다. 정작 치료는 시작도 못 했는데 병원의 절차는 참 까다롭고 복잡하기만 했다. 검사 종류는 왜 이렇게 많은지, 병실은 왜 이렇게 부족한 건지! 한참을 기다려서 피, 소변, 신장, 체중, 혈압 등을 재고 나서야 주치의를 잠깐 만날 수 있었다. 이번에는 아빠뻘의 남자 의사였다. 약간의 민망함을 동반한 초음파와 촉진을 거쳐 수술과 입원 일정을 결정했다. 진료 중 무슨 말을 들었는지 잘 기억이 나지 않는다. 그런데 "유두는 살릴 수 있을지 모르겠지만 최대한 살려볼게요"라는 말만은 또렷하게 기억난다. 당시에는 '당장 죽을지 살지 모르는데 젖꼭지 따위가 문제야?' 라고 생각했다. 하지만 그날 밤, 누군가 내 젖꼭지를 가위로 자르는 꿈을 꾸었다. 일어나서 황급히 옷을 걷어 보았다. 젖꼭지는 제 자리에 잘 있었다.

입원하기 전까지 검사하러 병원에 여러 번 가야 했다. 젖꼭지를 자를지도 모른다는 공포도, 20대에 암 환자가 되었다는 충격도 서서히 적응되어 갔다. 조영제 주사를 맞을 때 온몸의 점막이 뜨거워져서 놀랐지만 의외로 빨리 끝나는 CT 촬영, 시끄러운 기계에 40분 정도 엎드려 있어야 했던 MRI 검사 등도 착실히 받았다.

40세 미만에 유방암이 발병한 경우, 유전적 요인이 있는지 검사를 해야 한다. 선택의 여지가 없었다. 혹시 유전적인 요인이 있으면 엄마나 언니도 검사를 받아야 하기 때문이다. 유전자 검사에서는 피를 꽤 많이 뽑고, 내가 생리를 몇 살에 시작했는지, 잠을 몇 시간 자는지, 담배는 피우는지, 술은 주에 몇 번 마시는지 따위를 체크했다. 500개가 넘는 문항에 답하고 있자니 마치 실험용 쥐가 된 것 같았다. 그래도 검사 후에 입원이 기다리고 있어서 기분이 그렇게 나쁘지는 않았다. 2주 만에 드디어 입원을 하게 됐다. 이쯤 되니, 입원하고 싶어 안달이 난 사람이 된 것 같다.

수술 일기

"지금 물을 마시면 폐에서 썩어요."

입원 3일째, 드디어 수술의 날이 됐다. 암 수술을 하는 날은 하루 종일 물을 마시지 말라고 했다. 마시지 말라니까 더 마시고 싶어진다. 몰래 딱 한 모금만 마실까 하다가, 간호사의 말이 생각나 그만두었다. 쩝쩝 거리며 마른 입술을 핥았다. 엄마는 양치라도 하면 좀 나을 거라고, 치약을 담뿍 묻힌 칫솔을 내밀었다.

"으악 이게 뭐야! 퉤퉤!"

역한 냄새에 칫솔을 떨어트렸다. 마치 파마약 같은, 암모니아 특유의 꼬릿한 냄새. 이런 맛과 향이 혀에 닿는 것은 처음이었다. 다 뱉어냈지만 계속해서 구역질을 하다가 결국 토하고 말았다. 엄마의 얼굴이 새빨개졌다. 칫솔에 치약을 묻혀 주려는 것이 그만, 실수로 비슷한 모양의 제모크림을 묻혀 준 것이다. 전날 밤에 수술 부위에 쓰라고 나눠준 것을 치우지 않은 것이 화근이었다. 제모크림의 냄새는 상상 이상으로 강했다. 속을 전부 게워

내고도 코와 혀에 남아있는 것만 같았다. 하지만 속을 비운 덕분일까, 마음은 한결 가벼워졌다.

내 이름이 불렸다. 왜인지 병실 앞에 휠체어가 기다리고 있었다. 휠체어에 앉았더니 간호사가 밀어주었다. 엘리베이터에 타고 한층 내려갔더니 수술실이 보였다.

"환자분 일어나세요. 저 문으로 들어가시면 됩니다."

어차피 걸어서 수술실에 들어갈 거라면, 왜 휠체이에 태워서 내려온 걸까? 내가 다리가 아픈 것도 아닌데. 도저히 궁금해서 참을 수가 없었다.

"왜 휠체어에 타는 건가요?"
"글쎄, 사실 저도 잘 모르겠어요. 근데 수술실까지 걸어가시라고 하기도 조금 그렇고……."

간호사는 미간을 살짝 찌푸리며 곤란한 듯 미소를 지었다. 수술을 앞두고 긴장하고 있었는데, 솔직담백한 대답에 웃음이 나왔다. 예감이 나쁘지 않다. 보이지 않는 무엇인가가 '긴장하지 말라'고 달래주려는 것처럼 느껴졌다. 걸어서 들어간 수술실 문이 닫혔다.

수술실 안은 조용하고 조금 추웠다. 영화 등장인물이 수술실 문안으로 사라지는 것만 봐 왔다. 그런데 내가 직접 수술실 안으로 들어오다니, 실감이 잘 나지 않았다. 고작 문 하나 열고 들어왔을 뿐인데 바깥과는 다른 세상 같았다. 입구까지 휠체어를 타고 갈 때만 해도 괜찮다고 웃었는데, 막상 수술실 침대에 누우니 무섭다는 생각이 들었다. 떨어지지 않도록 침대에 몸을 꽁꽁 묶었다. 다음엔 안경이 벗겨졌다. 눈앞이 뿌옇게 보이니까 더 무서운 것 같기도 하고 덜 무서운 것 같기도 하다. 머리에 샤워 캡 같은 것을 쓰고 온몸에는 알 수 없는 장치들이 붙여졌다. 입에 긴 호스가 물려지고 손목에 주삿바늘이 꽂혔다.

죽는 순간에 대한 막연한 궁금증을 가져본 적이 있었다. 당시에 뭐라고 답을 내렸더라? 문득 전신 마취를 하면 모든 장기가 멈춘다는 말이 떠올랐다. 마취와 죽음은 많이 닮았구나. 수술보다도 마취에서 깨어날 수 있을지 걱정됐다. 뻐근한 아픔과 함께 주사액이 밀려 들어왔다. 아프다는 생각이 드는데, 신기하게도 점점 의식이 아득해져 간다. 소리가 점점 멀어지더니 이윽고 눈앞이 까맣게 되었다. 입에서는 여전히 제모제의 맛이 났다.

눈을 떴다가 천장의 조명이 너무 눈부셔서 금방 다시 감고 말았다. 윽, 너무 아프다. 무사히 깨어났다는 사실에 감동하기는커녕, 아파서 정신이 하나도 없다. 얼마나 시간이 흘렀는지 모르겠다. 오른쪽 가슴 부근이 얼얼하고 답답하다. 생살을 도려낸 통증도 통증이지만 목이 타들어가는 것 같다. 아직도 물을 마시면 폐에서 썩는다고 한다. 마취의 영향인지 자꾸 잠이 온다. 자면 안 되는데……. 붕대로 질끈 동여맨 수술 부위가 숨을 들이쉴 때마다 욱신거렸다.

안녕 머리빨

암 환자의 모습을 생각하면 가장 먼저 떠오르는 이미지는 대머리일 것이다. 막상 내가 암 환자가 되니, 항암 치료를 하면 머리가 빠지는 경우가 많지만 그렇지 않은 경우도 있다는 것을 알게 되었다. 하지만 불행하게도 내 약은 탈모가 100% 오는 것이었다.

암 병원에서는 '확실하다'라는 말을 잘 안 쓴다던데 내 머리카락은 '확실히' 빠질 거라고 했다. 솔직히 안 믿었다. 나쁜 예에서 예외가 되고 싶은 마음은 누구나 있을 것이다. 그러나 나의 불신은 그렇게 대단한 것은 아니었다. 그냥, 실감이 안 났다. 누구나 머리는 원래 그 자리에 있는 것이라 생각하며 사니까.

첫 항암제를 맞고 나온 날에는 머리카락이 하나도 빠지지 않았다. 그래서 내심 진짜 예외인가? 하는 기대도 했다. 하지만 일주일 정도 되니 머리카락이 조금씩 빠지기 시작했다. 머리를 빗을 때 자연스럽게 빠지는 양의 몇 배가 빠졌고, 열흘쯤 되니 한 줌씩 빠졌다. 이렇게 탈모가 시작되면 삭발을 해야 한다. 이

해가 안 됐다. 왜 굳이 빠지는 머리카락을 밀어야 할까?

　항암 탈모는 머리카락이 깔끔하게 다 빠지는 것이 아니라고 한다. 빠지기는 하는데 듬성듬성 빠져서 몇 가닥 남지 않는 골룸 같은 머리가 되어버린다나. 스님 같은 매끈한 대머리는 암 환자들이 직접, 혹은 미용실에서 미는 것이라는 사실은 신선한 충격이었다. 안 빠지는 머리는 그대로 두고 싶지만 어쩔 수 없다. 안 밀고 버티다 보면 누가 머리를 잡아당기는 것처럼 두피가 아프면서 결국 빠지기 때문이다. 나도 유난히 콕콕 쑤시는 느낌에 머리를 밀기로 결심했다.

　'그래. 당장 밀어 버리자!' 가뜩이나 안 내키는 작업인데 미루기까지 하면 안 될 것 같았다.

　엄마는 미용사였다. 연년생인 우리 자매를 키우느라 일을 그만두고 나서도 소일거리로 이웃의 머리를 해 주곤 했다. 이웃집 아줌마 파마를 해 주고 만두를 잔뜩 받아서 맛있게 먹은 기억이 난다. 온 가족의 파마와 염색 역시 엄마 몫이었다. 하지만 엄마도 딸의 삭발을 직접 하게 될 줄은 몰랐겠지.

　욕실에 식탁의자를 놓고 앉았다. 안경을 벗고 목에 커다란 보자기를 둘렀다. 이런 식으로 집에서 머리 손질을 한 것이 얼마 만일까. 마치 어린 시절로 돌아간 듯한 그리운 느낌이다. 학창시

절에는 늘 엄마에게 머리를 맡겼다. 그러다가 내가 돈을 벌기 시작하고는 멋을 내겠다며 비싼 미용실을 찾아다녔다. 그런데 몸이 아파서 돌아오는 곳은 결국 엄마의 품이었다. 세면대 거울 너머로 눈이 마주쳤지만 엄마가 어떤 표정인지 보이지 않았다. 눈이 나쁜 것이 늘 불만이었는데 오늘은 좀 다행이라는 생각이 든다.

숭덩숭덩 잘린 머리카락이 바닥에 떨어졌다. 머리카락을 가위로 대강 잘라내고 짧아진 머리카락은 바리깡으로 밀었다. 군대를 가는 거라면 여기까지만 했겠지만, 나는 면도기로 깔끔하게 밀어야 했다. 머리카락이 조금이라도 남으면 안 된다. 짧은 머리카락이 계속 빠져서 베개에 박히면 자는 내내 뒤통수가 따갑다. 흐린 거울 속에서 머리카락이 떨어지는 모습만은 또렷하게 보이는 것 같았다. 부드러운 거품이 머리 전체를 감쌌다. 이내 시원한 느낌이 든다. 남자친구가 쓴다는 3중 날 면도기가 정수리에서 서걱거렸다.

"그래도 우리 딸 두상이 예뻐서."

엄마의 말을 끝으로 삭발이 끝났다. 이제 겉으로 볼 때도 환자티가 나겠지. 드라마에서는 이럴 때 울던데, 하며 안경을 썼다. 뿌연 거울 속 내 얼굴에 고인 눈물이 쏙 들어가 버렸다.

"엄마, 나 이렇게 못생겼었어?!"

거울 속에는 웬 스님이 어정쩡한 표정을 짓고 있었다. 입으로는 웃고 있었지만 속으로는 울고 싶었다. 머리빨이 이렇게 중요한 것이었다니…….

망했다.

새까맣게 타버린 가슴

지금부터 약 12년 전. 그러니까 내가 고등학교 1학년 때 제주도로 수학여행을 갔다. 다른 기억은 흐릿한데 제주도 특산물이라는 삼겹살을 먹은 기억은 선명하다. 맛있게 잘 먹다가 누구한 명이 돼지 껍질에 찍힌 도장을 발견하곤 '이게 뭐야!' 하고 소리를 질렀다. 살코기에 껍질이 아주 조금 붙어있었는데, 하필이면 거기에 도장 자국이 있었던 것이다. 푸르스름한 도장 자국이 노릇노릇한 고기 사이로 선명하게 보였다. 고기는 맛있었다. 그러나 도장 자국을 보고 나서부터는 자꾸 돼지를 잡는 장면이 생각나는 바람에 도저히 먹을 수가 없었다.

내 모습이 꼭 그때의 돼지 같아 보여서 서글퍼졌다. 방사선 설계를 하기 위해 병원을 찾은 날이었다. 차가운 공기가 맴도는 조용한 공간에 웃통을 벗고 누웠다. 약 한 시간 동안 내 몸에는 파란색 선이 잔뜩 그려졌다. 살기 위해 치료를 받는 내가 마치 도살된 돼지 같아 보였다. 갑자기 돼지고기에 찍힌 파란 도장 생각이 나서 속이 메스꺼워졌다. 먹은 것이 없으니 토할 수 있을 리가 없었다. 온몸에 선이 그어진 상태로 병원 화장실 바닥에 주저

앉아 한참을 흐느꼈다.

　한 달 내내 매일 같은 시간에 병원을 가고, 상의를 벗고 차가운 기계 위에 누워서 가만히 있었다. 혹시라도 그 선이 조금이라도 지워진 날엔 큰일이라도 난 것처럼 여러 사람이 자를 대고 덧그렸다. 치료를 거듭할수록 눈물은 말라갔지만 반대로 가슴은 타들어갔다. 그래서일까, 마지막 치료를 받은 날이 그다지 후련하지 않았다. 방사선치료를 받은 부위는 골절이 잘 된다는 사실, 화상을 입은 가슴 전체가 까맣게 변해버린 모습도 이제 별로 놀라운 일이 아니었다.

　수술을 받을 때만 해도 수술이 잘 끝나면 바로 일상으로 돌아갈 수 있을 줄 알았다. 그러나 바람은 바람일 뿐이었다. 남은 치료 과정을 세어보자니 이 터널은 도무지 끝이 없다. 항암치료, 방사선 치료를 받고 나서 호르몬 주사를 2년, 호르몬제 복용이 10년이다. 일반적으로 암 완치 판정을 받기까지는 5년이 걸린다. 그런데 나는 완치 판정을 받고 나서도 또 5년 이상 약을 먹어야 한다. 그게 다가 아니다. 유방암에는 특히 '꼬리가 긴 암'이라는 별명이 있다. 완치된다고 인생에서 완전히 사라지는 것이 아니라 10년, 혹은 20년 뒤에도 언제든 재발의 위험이 있다고 한다. 기가 막힐 노릇이다.

　고민 끝에 결국 직장에 퇴사 통보를 했다. 항암치료를 받지 않아도 된다면 바로 복귀할 생각으로 휴가를 몰아 쓴 것은 소용없는 일이 되어버렸다. 직장에 다닐 때는 그렇게 그만두고 싶었는데 막상 퇴사하려니 속이 상했다. 퇴사사유는 치료에 전념하기 위해서라고 솔직하게 적었다. 내 발로 나온 건데 자의는 아니었다. 내 의사와는 상관없이, 일반인과 암 환자로 구분 지어진 것만 같아 마음이 무거웠다. 몸이 성치 않으니 이제 아무 곳에서도 나를 필요로 하지 않을 거야. 언젠가 다시 직장을 다니고, 건강보다는 돈이나 커리어를 걱정하는 삶을 살 수 있을까?

너무 많은 것을 빼앗긴 것 같다. 하지만 잔인한 현실은 마음의 준비를 할 시간조차 주지 않았다. 마음이야 어떻든 몸은 장애물 경주라도 하는 것처럼 씩씩하게 부작용의 허들을 뛰어넘어야 했다. 머리카락이 모두 빠졌고 체중은 10 kg 이상 늘었다. 피부가 누렇게 변했고 손가락은 볼펜도 쥘 수 없을 정도로 부었다. 시도 때도 없이 찾아오는 치통과 전신 타박감에 마약성 진통제 없이는 외출할 수도 없었다. 백혈구 수치가 낮아지기 때문에 언제나 감염 위험이 도사리고 있었다. 마스크를 쓰고 손 소독제와 약을 종류별로 들고 다녔다.

'이 순간만 지나면 괜찮을 거야.'

가로줄 무늬가 생긴 손톱이 반쯤 들렸을 땐 가슴속에 맺힌 어떤 응어리가 튀어나올 것 같았지만, 퉁퉁 부은 손가락에 밴드를 눌러 붙이며 마음을 다잡았다. 하지만 그럴수록 무기력함에 온종일 잠만 자고 싶은 날이 늘어간다. 누워는 있는데 잠이 오지 않는다. 차라리 자다가 못 깨어났으면 좋겠다.

　　내가 암의 그늘에서 벗어날 수 있는 날이 오기는 할까. 모든 병의 근원은 마음에서 오는 것이라고들 하던데, 몸의 병이 먼저 시작된 나는 이렇게 서서히 마음도 죽어가게 되는 걸까.

2부

나에게서 환자로, 환자에서 다시 나로

제멋대로 흘러가는 것들이 버거워
삶에도 일시정지가 있기를 바랐다

제 발에 달린 그림자가 무거워
멀찍이 행복한 사람을 부러워하던
한 낮의 하늘에는 별이 보이지 않았다
조금만 가까이서 보면
누구나 상처 하나쯤 안고 사는 법인데
그림자 쫓던 자리에 별빛이 쏟아진다

결국, 멈춰있는 것은 죽음에 가까울 뿐이구나

치료 이후의 삶

머리카락이 없어서 그런 걸까, 가발 구경에 취미를 붙였다. 각종 독한 약들에 머리카락뿐 아니라 체력까지 동나 버린 후였다. 체력을 보충하기 위해 입맛이 없어도 억지로 먹고 매일 산에 갔다. 그다음은 누워서 멍하게 있는 시간이 많았다. 심심해서 인터넷 쇼핑이라도 해 보려고 했는데 엉 재미가 없었다. 아니, 거울을 보면 신경질만 났다. 대머리에 통통 부은 몸으로는 어차피 뭘 입어도 태가 안 나니까. 그런데 우연히 접속한 가발 홈페이지 구경이 재미있어서 시간 가는 줄도 모르고 한참을 봤다.

처음에는 항암 탈모를 겪기 전의 내 머리 스타일과 가장 비슷한 모양의 가발을 썼었다. 그러다 문득 '기왕 가발을 쓰게 된 거 파격적인 스타일도 해 보자.' 라는 생각이 들어 다양한 가발을 모으기 시작했다. 가발을 살 때마다 블로그에 후기를 썼다.

블로그에는 꾸준히 투병일기를 쓰고 있었다. 치료에 대한 기록이 필요할 것 같아서 처음엔 다이어리를 썼다. 그런데 약 부작용으로 손가락이 부어서 펜을 잡기 힘들어졌다. SNS도 잘 안

하던 내가 투병 일기를 인터넷에 쓴다니 조금 어색했지만, 그날 그날의 기분을 정리하기에는 펜보다 훨씬 수월했다. 처음엔 혼 잣말하는 것처럼 우울하면 우울하다고, 몸이 아프면 아프다고 솔직하게 적었다.

그런데 별다른 목적 없이 일기를 위해 시작한 블로그에서 생각지도 못한 위로를 받았다. 그저 가상공간이라고 치부했던 인터넷에서, 만난 적도 없는 사람에게 따뜻한 응원을 건네는 분들이 많았다. 그리고 나와 같이 젊은 나이에 암, 난치병을 앓고 있는 환우 분들과 서로를 다독였던 것 역시 큰 위로가 되었다. 친구들과 이야기하는 것처럼 수다를 떨기도 하고, 정보를 공유하거나 영양제 이야기 등을 주고받았다.

가발 리뷰를 꾸준히 올린 덕분인지 새로운 경험을 해 볼 기회도 주어졌다. 암 환자를 위한 가발 행사에 초청받기도 하고, 나를 좋게 봐 주신 가발 브랜드에서 항암 가발 모델로 활동하기도 했다. 유방암 환우를 후원하는 마라톤 행사에 참여해서 10km 코스를 뛰어본 적도 있다.

나름 즐겁게 잘 지냈다. 하지만 다채롭고 활기찬 날은 극히 일부였을 뿐, 근본적인 불안이 해소되는 것은 아니었다. 밖에 나와서 사람들을 만날 땐 아프기 전으로 돌아간 것 같은 착각에 잠시 행복해졌다. 그러나 집에 돌아와서 가발을 벗어놓고 얼굴과 머리를 한 번에 씻어내면, 마법이 풀리는 것처럼 현실로 돌아와 버렸다.

스물여덟 살. 내 또래의 누군가는 꿈을 위한 준비에 몰두할 것이고, 누군가는 한참 직장에서 역량을 뽐내고 있을 것이다. 내가 치료를 받느라 집 안에만 있었던 일 년은 어쩌면 삶에서 가장 중요한 시기였을 텐데. 다들 제 자리를 잘 찾아가고 있는데 나만 길을 잃은 것만 같다.

여행을 떠난 이유

　　속초에 가는 도중에 비가 오기 시작했다. 톡. 톡. 한두 방울씩 창문을 두드리며 떨어지던 빗방울은 어느새 창 밖의 풍경을 모두 가릴 정도로 내리기 시작했다. 두 달 만에 처음 하는 장거리 외출이다. 그런데 하필 오늘 비가 올 게 뭐람. 설상가상으로 숙소에 도착했을 땐 잇몸 쪽이 후끈거리기 시작했다. 항암 치료 중에는 원래 약한 부위가 아플 가능성이 크다. 평소 이가 약했던 나는 시도 때도 없이 찾아오는 치통에 괴로웠다. 놀러 가서 아플까 봐 전날 주머니에 넣어둔 약봉지를 꺼내 입에 털어 넣었다. 빈속에 약을 먹어서 그런지, 아니면 큰맘 먹고 놀러 왔는데 비가 와서 그런지 속이 쓰렸다.

　　숙소에 도착해서 가방을 던지고 누워버렸다. 답답한 마음을 떨쳐버리려고 온 여행인데, 날씨마저 나를 도와주지 않는다는 생각에 더 우울해졌다. 한참을 아무것도 하지 않고 빈둥거리다가 생각했다. '나 여기 왜 왔지?' '이렇게 누워만 있을 거면 집에 있는 것과 다를 게 없잖아.'

답답함을 참지 못하고 숙소를 나섰다. 하늘은 이미 어둑어둑해졌다. 여전히 비가 내리고 있었다. 비가 오는 속초는 썩 아름답지 않았다. 하지만 덕분에 사람 없는 속초 해변에서 부슬부슬 내리는 비를 맞아보는 경험을 할 수 있었다. 비를 맞으며 모래사장을 걷기 시작했다. 그러나 가발이 쫄딱 젖어버리는 바람에 모처럼의 산책도 그리 오래가지 못했다. 숙소로 돌아와 가발을 벗어두고, 다시 생각나지 않을 것 같은 평범한 밥을 사 먹었다. 그리고 치통에 자다 깨다 하다가 진통제를 잔뜩 먹고 나서야 잠이 들었다. 다음날 점심쯤 집에 돌아왔다.

"속초 어땠어?"
"괜찮았어."

신기한 일이다. 여행이라고 하기에는 너무 싱거운 나들이였다. 그런데 다시 떠올리면 괜찮았던 것 같기도 하다. 좋지 않은 날씨나 괴로웠던 항암 치료 부작용, 불편한 가발은 생각나지 않았다. 딱히 대단한 걸 먹고 좋은 걸 본 것도 아니었지만, 그래도 여행을 다녀온 것이다. 그것도 항암치료 3차 도중에 말이다. 집에서는 몸이 피곤하고 기분이 좋지 않다는 핑계로, 잠깐 운동하는 시간을 제외하고는 거의 누워서 생활했었다. 하지만 여행에서 기분을 핑계로 누워만 있기에는 시간이 아까웠다. 무언가 '살아남는 것' 외의 삶의 목표가 생긴 기분이 들었다. 다음에는 더 멀리 다녀올 수도 있지 않을까? 4차 항암 주사 일정에 맞춰서 제주행 항공권을 구매했다.

비가 와서 숙소에 누워만 있다가 올 거라면, 차라리 속초는 안 가는 편이 나았을 것이다. 아마 '내 인생은 뭘 해도 이 모양이야.' '날씨마저 도와주질 않네.' 따위의 생각만 하다가 돌아왔을 테니까. 일정에 날씨를 맞출 수는 없으니 내 잘못이 아닌데도 말이다.

인생은 맑은 날, 흐린 날, 비가 오는 날, 추운 날, 더운 날의 연속이다. 치료의 시간은 내게 장마 같은 나날이었다. 장마에는 오늘 참는다고 내일 비가 그친다는 보장이 없다. 나는 바꿀 수 없는 날씨에 슬퍼하기보다, 차라리 가진 것 중에서 가장 튼튼한 우산을 들고 나가기로 마음먹었다. 그리고 물이 튀면 튀는 대로, 옷이 젖으면 젖는 대로, 실컷 걸을 것이다.

대머리지만 괜찮아

"남자인 줄 알았네!"

아주머니의 큰 목소리가 화장실 벽을 타고 울렸다. 여성성이 좀 드러날까 싶어서, 질색하는 분홍색 티셔츠를 입은 노력이 소용없었나 보다. 그래도 오늘은 양반이다. '저기요. 여기 여자 화장실이거든요?'라며 경멸의 눈초리와 큰 목소리로 화장실 입구에 붙잡혀 세워졌던 날에 비하면. 아주머니는 민망한 듯이 '쯔쯔…… 그러게 왜 머리를 저래갖고……' 하더니 화장실 칸으로 사라져 버렸다. 그러게. 제가 머리를 왜 이랬을까요. 세면대 거울 속에는 억울한 표정을 감추지 못한 까까머리가 비친다. 머리카락이 없다는 것은 단순히 자존감의 문제가 아니었다. '젊은 여자 대머리'의 상태로는 사회에 자연스럽게 녹아들기 힘들었다. 언제까지 가발로 꽁꽁 숨기고 다녀야 하는 걸까?

'괜찮아. 머리는 또 자라나.' 이것은 항암 치료로 인해 대머리가 되었을 때 수십 번은 들었던 위로이다. 정작 그 머리가 언제, 얼마나 자라는지는 누구도 자세하게 가르쳐 주지 않았다. 직접 경험하고 나서야 대머리에서 벗어나는 것은 상당한 시간이 걸린 다는 것을 알았다. 머리카락은 상상 이상으로 천천히 자란다. 특히 정수리에서부터 길러야 하는 앞머리는, 뒷머리를 다섯 번은 다듬을 즈음에야 그나마 봐줄 만한 길이가 된다. 항암 치료가 끝나고 1년 정도는 어색해도 가발을 쓰거나 '상당히 파격적인 짧은 머리'로 살아야 한다. 나도 겨울까지는 가발의 힘을 빌릴 생각이었다.

4차 항암 치료 기간에 제주도 여행을 했다. 당시 나는 대머리를 감추기 위해 가발을 쓰고 다녔다. 비행기를 탈 때는 금속 탐지기에서 삐 소리가 나면 민망하니까, 하고 고정핀이 없는 가발을 준비했다. 그런데 그것이 이런 사달을 불러일으킬 줄이야.

제주도는 여자, 물, 바람이 많아 삼다도라고 한다. 과연, 바람이 어마어마했다. 비행기에서 내리자마자 휘몰아치는 바람에 나도 모르게 가발에 손이 갔다. 혹시 내가 대머리라는 사실을 남들이 알아차리면 어떻게 하지? 너무 부끄러울 것 같아서 자꾸만 가발을 잡은 손에 힘이 들어갔다.

가발이 날아갈까 불안해서, 도무지 제주도에 집중할 수가 없었다. 뭘 먹거나 마실 때 맛있다는 생각이 들지 않았다. 아름다운 바다 조망이나 유채꽃밭에 감탄할 겨를도 없었다. 내 손은 계속 머리에 있었다. 그런데 바다 조망을 즐길 수 있다는 한 카페에서 나오던 중 갑자기 바람이 세게 불었다. 그리고 눈 깜짝할 사이에, 나의 단발머리 가발이 사방팔방으로 펄럭거리다가 휙 날아가 버렸다. 이럴 수가! 따뜻한 카페에서 머리에 땀이 난 바람에 가발이 미끄러진 것이다.

머리가 다 자랄 때까지는 절대로 가발을 벗지 않겠다는 다짐과는 반대로 '탈 가발'의 순간이 아주 빠르게 찾아와 버렸다. 삶은 계란같이 매끈한 두상이 햇볕을 받아 반짝였다. 당황해서 얼른 주우려고 했지만 바람이 더 불면서 가발은 또 날아갔다. 바람이 부는 대로 마구 흩날리는 가발은 꼭 도망가는 한 마리의 닭 같아 보였다. 주우려고 하면 한 걸음, 두 걸음씩 계속 멀어지는 탓에 가발을 쫓는 발걸음이 점점 빨라졌다. 가발은 도망가고 나는 쫓아갔다. 모르고 봐도 여간 우스운 상황이 아니었을 것이다. 드디어 가발을 낚아챈 순간, 나도 모르게 소리쳤다.

"잡았다, 요놈!"

일찍이 머리빨의 중요성을 깨달은 후로, 동네 슈퍼마켓에 갈 때나 택배를 받을 때도 꾸역꾸역 가발을 썼다. 불편하고 답답한 것은 당연했다. 그렇게 몇 달을 참기만 하다가 놀러 간 제주도에서 가발이 벗겨진 것이다.

의도하지 않았던 '탈 가발'에는 나름 좋은 점도 있었다. 특히 바람이 많이 불었던 우도에서, 땀이 비 오듯 흐른 성산 일출봉에서 효과를 발휘했다. 땀을 닦기 편했고, 벗겨질 것이 없으니 마음도 편했다.

딱 하나의 생각지도 못한 문제가 있었다. 바로, 여행을 마치고 돌아와서 가발을 쓰고 다니려니 배로 갑갑했던 것이다. 맨머리에 모자만 쓰고 나간 것을 시작으로 점점 가발 없이 나가는 날이 많아졌다. 편하다고 항상 좋은 것만은 아니었다. 젊은 대머리 여자가 드문 만큼 부담스러운 시선이 항상 느껴졌다. 화장실 한번 마음 편하게 갈 수가 없었다. 누군가 나를 보고 흠칫 놀라는 것이 아무렇지도 않은 것은 아니었지만, 그럴수록 당당해지고 싶었다. 내가 원해서 몸이 아팠던 것은 아니니까. 그리고 호기심 어린 시선 따위에 다시 가발을 쓰기에는 민머리가 너무나 편했다. 가끔 속상하거나 억울해질 때는 모아둔 가발들을 꺼내서 돌아가면서 써 보곤 했다. 그럴 때는 거울 속의 모습이 어떻고를 따지기 전에 웃음부터 나와 버린다. 갑자기 바람이 불면 이 가발도 당장 날아가 버릴 것만 같았기 때문일까.

이제 더는 가발을 쓰지 않아도 될 정도로 머리카락이 자랐다. 전과 다른 점이라면 새로 난 머리카락은 곱슬거린다는 것 정도. 공중 화장실에서 손을 씻다가 무심코 거울을 봤다. 거울 속에는 짧고 꼬불거리는 머리카락이 제멋대로 뻗쳐있다. 내가 볼 때는 조금 어색한데 아무도 내 머리에 신경 쓰지 않는다. 이게 뭐라고 그렇게 소심해졌던 걸까?

그래도 역시 다시는 대머리가 되고 싶지는 않다. 요즘도 바람이 많이 부는 날에는 습관처럼 자꾸 웃음이 나온다. 아마 바람이 불지 않았다면, 그래서 가발이 벗겨지지 않았다면 스스로 가발을 벗고 다닐 생각을 못 했을 것이다. 그날 제주도에 바람이 많이 불어서 참 다행이야.

옛날에는 공룡도 암에 걸렸었다고 한다.

의사 공룡 : 김 티라노 씨. 암입니다.
환자 공룡 : 네? 제가 암이라고요?
의사 공룡 : 내일부티 항암치료 시작합시다.

환자 공룡 : 너무 무서워요 선생님.

　　　　　항암제에 부작용은 없나요?

의사 공룡 : 입안이 헐거나, 심장독성, 설사, 탈모.

　　　　　아, 탈모는 괜찮겠네요.

적어도 너네는 머린 안 빠졌겠지.

느린 자살에서 벗어나기

제자리를 잘 찾아가고 있다고 생각했던 일상이 슬퍼지는 순간이 있다. 나에게는 등산가는 길에 여대에서 나온 학생들을 볼 때, 무심결에 돌린 TV 채널에서 투병 중인 사람이 나올 때, 그리고 내가 암에 걸린 줄 모르는 사람과 오랜만에 연락이 닿았을 때가 그러했다.

간만에 대학 동기로부터 연락이 왔다.

"오랜만이다. 바쁠 때 전화한 건 아니지?"

"아냐 괜찮아. 잘 지냈어?"

"나야 잘 지내지. 넌 어때? 여전히 거기 다녀?"

"아니 그만뒀어. 좀 쉬려고"

이 동기와는 졸업한 이후로 한 번도 만난 적이 없었다. 그러니까 학교에 다닐 땐 그다지 친한 사이가 아니었을 것이다. 나에게 전화를 왜 했는지도 모를 일이었다. 하지만 얼굴을 보고 있지 않아서인지 어색함은 금세 자취를 감췄다. 대화는 꽤 길게 이어졌다.

"술 한 잔 하자. 언제 시간 돼?"

"나 술 끊었어."

"네가 술을 끊었어? 왜?"

동기는 조금 놀란 것 같았다. 학교 행사에 다 빠져도 술자리는 빠지지 않던, 유난히 술을 좋아하던 내 모습이 기억 속에 남아있다고 했다. 왜 술을 끊었느냐고 물어보는데 차마 '나 암 걸려서 술 마시면 안 돼' 라고 입이 떨어지지 않았다.

할 말이 없어져서 '그냥, 건강관리 하려고.' 라고 얼버무렸다. 동기는 우린 아직 젊은데 유난이라며 웃었다.

나도 그러게 하하. 하고 따라 웃었다. 딱히 거짓말을 한 것도 아닌데 어쩐지 머쓱해졌다. 괜히 머리카락이 갓 나오기 시작해서 잔디 같아진 머리통을 쓰다듬어 본다. 까끌까끌한 느낌에 기분이 나빠져서 금방 그만두었다. 내 피부가 이렇게 거칠었던가? 주사를 많이 맞아서 혈관이 숨어버린 왼팔이 눈에 들어왔다. 그래도 나는 잘 버티고 있는 거 아니었나? 문득 내 처지가 버티는 삶은 느린 자살과 별반 다를 것이 없다던 말* 같아서 아무런 말도 할 수 없었다.

"어디 멀리 여행이라도 다녀오지그래?"

짧은 침묵을 깨고 수화기 너머로 들린 말이었다. '여행'이라는 말에 정신이 번쩍 들었다. 나는 느린 자살의 상태에서 벗어나기 위해서 뭐든 해야 했지만, 구체적으로 무엇을 해야 할지 몰랐었다. 지난 일 년 동안 나름대로 일상에 변화를 주려고 시도해봤지만 크게 달라지는 것이 없었다. 그래서 무기력 증에 빠졌던 것일지도 모르겠다.

암 진단을 받은 순간부터 수술, 항암 그리고 방사선 치료까지 내 삶의 목표는 오직 살아남는 것이었다. 그래서 역설적으로 살아있는 동안에 무엇을 해야 할지에 대해서는 생각하기 어려웠다. 나의 일과는 건강하게 먹기, 건강을 위해 운동하기, 시간 맞춰 약 먹기로 매일 다람쥐 쳇바퀴 도는 것 같은 일상이었다. 달라질 것 없는 하루 속에서 나는 때때로 아주 작은 미로 속에서 헤매고 있는 것 같은 기분이 들었다.

단순히 살아남는 것 이상의 목표가 필요하다!

그래서 생각했다. 이 미로 밖으로 나가보자. 어차피 인생을 헤매는 중이라면 길 위에서 헤매 보자. 한 번 정도는 가슴 뛰는 순간을 만나보자.

---

* 버티는 인생을 살다 보면, 자신이 뭐가 하고 싶어 이곳에 있는지 점점 알 수 없어진다. 아무튼 살아보자고, 그것만으로 족하다 생각하며 지금까지 살아왔는데 때론 이렇게 사는 것은 느린 자살과 별반 다를 게 없다는 느낌이 들곤 한다. _ 요시모토 바나나, 『그녀에 대하여』

3부

마음이 가리키는 방향

별을 실컷 보고 싶어서
맛있는 음식을 먹고 싶어서
예쁜 사진을 가지고 싶어서

여행의 이유는 제각각이다

잠시 떠났던 일상에 돌아온 후에도

여행만큼

행복의 이유가 다양하기를

분홍머리 휘날리며

사소하지만 꽤 작정을 해야만 할 수 있는 것이 있다. 새해 다 짐의 마지막 줄 즈음에 적는 것. 목표라기에는 살짝 부족한데 해놓으면 좋은 것들이라고 해야 하나. 나에게는 운전이 그런 것이었다. 운전은 10년째 '언젠가 해야지' 하고 생각만 했다. 자동차에 딱히 흥미가 있는 것도 아니었고, 몇 년간 출퇴근을 버스로 했기 때문에 필요성을 느끼지 못했다. 자차가 편하다는 친구의 말이나 운전은 선택이 아닌 필수라는 부모님의 권유에도 별로 내키지 않았다. 하지만 앞으로 매일 방사선 치료를 받으러 병원에 가려면 셋 중의 하나는 해야 한다. 면허를 따거나, 아니면 인천에서 일산에 있는 국립암센터까지 버스를 타고 다녀오거나, 누군가 운전할 수 있는 가족과 시간을 맞추거나. 그 중 가장 좋은 방법은 내가 운전을 할 줄 아는 것이었다.

그간 면허를 따려고 시도조차 해보지 않았던 나는, 연말연시에는 운전면허 학원에 등록하기 쉽지 않다는 사실을 몰랐다. 전화했던 모든 학원에서 거절당했다. 고등학교 졸업을 앞두고 면허증을 따고자 하는 학생이 많아서 자리가 없다고 했다. 어차피 백수인데 학생 줄어드는 시기까지 기다릴까 하다가, 미루면 또 못할 것 같아 아예 독학으로 따기로 했다. 그리고 운전면허 학원에 등록할 돈으로 도쿄행 비행기 티켓을 샀다.

'면허를 따면 그 보상으로 여행을 다녀와야지. 이건 스스로와의 약속이야. 면허 못 따면 비행기 티켓도 취소하는 거야.'

여행이 너무 가고 싶었던 건지, 뭔가에 집중이 하고 싶었던 것인지 모르겠다. 어쩌면 운전에 숨겨진 재능이 있던 것일지도! 도로주행에서 한번 실격의 고배를 마시기는 했지만, 마음을 먹은 지 두 달 만에 면허증은 무사히 내 손에 쥐어졌다. 얼마 뒤, 계획대로 도쿄행 비행기에 오를 수 있었다.

일찍이 치료를 마치면 여행을 실컷 다닐 심산이었다. 그리고 제일 먼저 갈 도시로는 도쿄를 점찍어 두었다. 나는 20대 초반에 도쿄에서 어학원을 다니고, 이듬해 워킹홀리데이를 갔다. 그래서 더는 새로울 것이 없었지만 '마리오카트'를 꼭 타보고 싶었다. 슈퍼마리오 캐릭터 의상을 입고 오픈카를 직접 운전해서 시내를 달린다니, 생각만 해도 신난다! 마침 운전면허도 땄겠다, 고민할 이유가 없었다.

시나가와 역에서 마리오카트 사무실로 향하는 길은 어둡고 조용했다. '잘못 찾아온 것 아닌가' 하는 생각이 들 정도였다. 갑자기, '부릉'하는 소리와 함께 등 뒤에서 불빛이 깜빡였다. 드라이브를 마치고 돌아온 듯, 납작한 장난감 차에서는 키가 큰 슈퍼마리오가 내렸다.

참가자는 총 다섯 명으로, 중국인 두 명, 한국인 두 명이었다. 초보인 순서대로 줄을 세우니 내가 맨 첫 번째였다. 평생 운전대를 잡을 일이 없을 줄 알았는데, 사람 일 모른다. 내가 국제면허증을 만들고 해외에서 드라이브를 하다니! 인솔자의 신호에 맞춰 일제히 달리기 시작했다. 처음에는 운전에 집중하느라 풍경을 볼 마음의 여유가 없었다. 조금 익숙해 질 때쯤 "우와!"하는 탄성에 나도 모르게 고개를 들었다. 눈앞이 반짝거렸다. 도쿄타워는 깜깜한 하늘 한가운데로 눈부신 빛을 수놓고 있었다.

일본에 살 때 질리게 본 도쿄타워이기에 여기서 더는 감동할 일이 없을 줄 알았다. 그런데 달리면서 보자니 모든 것들이 새로워 보였다. 시부야, 롯폰기가 이런 모습이었나. 감탄하며 액셀을 꾹 눌러 밟았다. 시원한 바람이 불어오고, 바람결에 날린 머리카락이 얼굴을 때렸다. 나풀거리는 분홍색이 눈에 들어왔다.

출국하는 날 아침까지도 고민했다. 과감한 분홍색 가발을 쓰면 현지인들이 이상하게 보지 않을까, 아직 초보인 내가 외국에서 운전할 수 있을까. 그러나 막상 해보니 분홍색 머리와 운전 모두 별것 아닌 일이었다. 어쩌면 그날 도쿄타워는 내 작은 성취감 때문에 더 빛난 것일지도 모른다. 앞으로도 하고 싶은 것은 다 해봐야겠다. 분홍 머리든, 노란 머리든 휘날리면서 말이다.

고민만 하지 말고, GO!

변하지 않는 것

편의점 문을 열었다. 경쾌한 차임벨 소리와 함께 카운터에서 수다 삼매경에 빠졌던 할머니가 이쪽으로 고개를 돌린다. 내 기억과 똑같은 그리운 풍경이다. 이내 그 입가에는 미소가 번진다.

"안 그래도 조만간 네가 올 것 같다는 이야기를 하고 있었어."

10년 전쯤 도쿄 나카노 구의 동네 편의점에서 아르바이트를 했었다. 점장님, 일본인 고등학생, 중국인 유학생 등, 다양한 아르바이트 동료 중에서 가장 신기한 사람은 다케다 할머니였다. 우리보다 일찍 노령화가 시작된 일본은 아르바이트하는 노인이 흔했다. 그러나 나는 그동안 편의점에서 할머니가 아르바이트하는 모습은 본 적이 없었다. 나보다 머리 하나는 작은 체구로 씩씩하게 가게를 누비고 다니시던 할머니. 가끔 허리가 아파서 출근을 못 하시는 일이 없었다면, 그분이 일흔이 넘었다는 사실을 믿지 못했을 것 같다. 다케다 할머니는 허리가 아프다고 하시면서도 매번 손녀에게 용돈을 주는 재미 때문에 아르바이트를 그만두지 않는다고 하셨다. 그럴 때면 가끔 과자를 사 오는 할머니를 똑 닮은 꼬맹이가 떠오르곤 했다.

일본 생활을 정리하고도 몇 번 놀러 가긴 했지만, 취업하고는 한 번도 못 갔으니 이번 방문은 무려 4년 만이었다. 혹시 나를 잊으신 것은 아닐까 하고 걱정했는데, 할머니의 표정을 보니 쓸데없는 생각이었나 보다. 이런저런 이야기를 하다가 갑자기 지갑에서 돈을 꺼내기 시작하셨다.

"요 앞에서 라멘이라도 사 먹어."
"어우, 아니에요. 저도 돈 벌어요!"
"내가 이 재미도 없으면 일을 계속하겠니?"

한참의 실랑이 끝에 내 손에는 꼬깃꼬깃한 삼천 엔(한화 약 3만 5천 원)이 쥐어졌다. 여든넷 다케다 할머니의 일급의 반이 넘는 돈이다. 편의점에 신상 과자가 들어오면 제일 먼저 내 입에 넣어주던, 한자를 잘 쓴다고 엉덩이를 토닥여주시던 모습이 떠올랐다. 할머니에게는 나도 손녀였다.

"꼭 알고 찾아온 것 같아. 다음 달까지만 일하기로 했거든."
그제야 내 기억보다 더 작아진 다케다 할머니의 어깨가 눈에 들어왔다. 나는 왜냐는 말 대신 할머니의 핸드폰에 라인 메신

저를 깔고 내 아이디를 등록해 드렸다. 할머니께서는 그런 내 옆얼굴을 빤히 바라보셨다. 우리가 언제 또 만날 수 있을까.

모든 것이 당연히 그 자리에 있을 줄 알았다. 좋아하던 라멘 가게, 태어나서 처음 인도식 카레를 먹어봤던 식당, 전철이 들어올 때 '땡땡땡' 하고 요란스럽게 종이 울리는 건널목까지 그대로였기에. 숙소로 돌아가기 위해 신주쿠행 전철을 탔다. 익숙하고도 낯선 풍경은 천천히 작아지다가, 이내 시야에서 사라졌다.

한국에 돌아와서 다케다 할머니께 메시지를 몇 번 보내보았지만 답장은 오지 않았다. 할머니 연세에는 스마트폰 메신저가 너무 어려웠을 것이다.

일 년이 지났다. 도쿄에 간 나는 이번에도 그때의 그 동네를 찾았다. 습관처럼 예전에 일하던 편의점으로 향했다. 문을 열자 경쾌한 차임벨 소리가 났다. 카운터에는 다케다 할머니 대신 안경을 쓴 젊은 남자가 서 있었다. '혹시나'가 '역시나'가 되는 순간이었다. 할머니가 안 계실 것은 알고 있었지만, 마음이 헛헛한 것은 어찌할 도리가 없었다.

텅 빈 내 마음과는 다르게 역 앞의 상점가는 인파로 가득 차 있었다. 익숙한 빈티지 숍, 과일가게, 빵집을 지나 새로 생긴 미용실이 눈에 들어왔다. 작년에는 저 자리에 뭐가 있었더라? 그 부분만 까맣게 칠한 듯 기억이 나지 않았다. 하지만 아마 그곳도 누군가에겐 특별한 추억이 깃든 장소였을 것이다. 입구 계단 한쪽이 깨져있고, 화장실 변기가 말썽이며, 다케다 할머니의 미소가 따뜻했던 나카노 구의 한 편의점처럼.

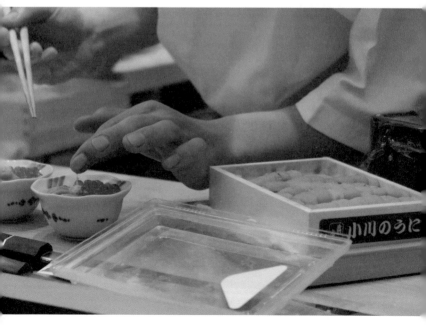

시차

‘약 먹었어요. 걱정 말고 좋은 하루 보내세요.’

내 나이 스물하고도 아홉 살. 엄마는 스물여섯에 나를 낳으셨으니 너무 어린 나이는 아니다. 하지만 일과는 언제나 엄마에게 약을 먹었음을 보고하는 것으로 마무리한다. 꼭 어린아이가 된 기분이다.

몸이 아프기 전에는 여행의 장애물이 주로 돈과 시간이었다. 몸이 아프고부터는 여기에 치료 스케줄이 더해졌다. 4주에한 번 주사를 맞고, 매일 같은 시간에 약을 먹는다. 그런데 시차가 나는 곳으로 여행을 간다면, 이런 경우 24시간을 계산해서먹어야 할까? 아니면 현지 시각을 기준으로 한국에서 먹던 시간에 먹어야 할까?

병원에서는 현지시간 기준으로 먹으라고 했다. 그러나 그이유가 ‘시차를 계산하기엔 번거로우니까’로 단순했기 때문에, 최대한 기존의 복약 시간을 유지하기로 했다. 나는 한국에서 오전 9시 30분에 약을 먹는다. 그래서 8시간의 시차가 나는 스페인에서는 새벽 1시 30분에 먹어야 했다.

엄마는 약을 먹는 부분에서만큼은 나를 완전히 믿지 않으셨다. 딱 한 번이지만 내가 약을 깜빡하는 것을 목격하셨기 때문이다. 어디에 있든지 한국시간 9시 반에 무조건 집에서 연락이 온다. 스페인에서도 마찬가지였다. 언제나 '약 먹을 시간이야'로 시작된 통화는, 서로에게 '잘 자!'와 '좋은 하루 보내세요.'라고 말하며 끝난다. 내가 하루를 마무리할 때 엄마의 하루는 시작된다. 갑자기 우리의 시간이 정 반대가 되는 느낌이다.

마드리드에서 만난 호세와는 이런 이야기를 한 적이 있다.
"한국은 지금 아침밥 먹을 시간이야"
"오, 정말 신기하다."
"그치. 시차가 무려 8시간이나 나거든"
"그렇구나. 너 혹시 베이징 타임이라고 들어봤어?"
"아니. 들어본 적 없어. 그게 뭔데?"
"중국에는 시차가 없다는 말 같아. 나도 잘 모르지만"

호세는 아시아인인 내가 자신보다 잘 알 것 같아서 이야기를 꺼내 본 것 같다. 그러나 나는 베이징 타임에 대해서 아는 것이 전혀 없었다. 결국 서로 중국에 가본 적 있냐는 등, 시시콜콜한 이야기를 몇 마디 주고받다가 방에 돌아왔다.

베이징 타임은, 동일 시간권에 대한 구분 없이 '베이징의 시각을 기준'으로 중국 전역의 시간을 통일한 것을 부르는 말이다. 원래대로라면 중국은 총 5개의 시간대를 가져야 한다. 그러나 1949년 중화인민공화국이 건설되며 민족 통합의 이유로 전역의 시간을 표준 시간으로 통일한 것이라나. 그래서 중국에는 시차가 없다.

국토에서 동쪽으로 치우쳐 있는 베이징을 기준으로 시간을 정하니, 똑같은 시간이라고 해도 똑같다고 말할 수가 없다. 실제로 베이징과 경도 차이가 크게 나는 지역들은 자체적으로 출퇴근 시간을 조정하고 있다고 한다.

어느새 새벽 1시 30분이 다 되었다. 전화가 울린다. 지금 엄마의 시간은 오전 9시 30분이겠지.

약을 한 알 입에 털어 넣으며 생각했다. 가끔은 세상이 시차를 인정하지 않는 베이징 타임 같다고. 각자의 사정은 고려하지 않은 채 20대에는 취업을 해야 하고, 30대에는 결혼을 해야 한다는 사회적 통념 말이다. 이러한 '평범한 마음의 안정'을 담보로 한 사회적 시간의 흐름은, 역설적이게도 조금이라도 어긋난 순간 커다란 마음의 부담을 안겨준다.

시차는 분명 존재한다. 스페인과 서울이 여덟 시간 차이 나는 것처럼, 중국 전역의 똑같은 시간이 실제로는 똑같지 않은 것처럼. 그러나 나에게는 나의 시간이 있다. 사회의 베이징 타임에 나를 맞추느라 애쓰지 않고 묵묵히 나만의 시간을 걸어가고 싶다. 세상과 얼마간의 시차가 나더라도.

양말

우리는 벌어진 틈을 메워 본 적이 없었다.

혼자가 된 나머지
짝을 잃은 양말들
덩
  그
    러
 니

하얗게 질린 얼굴로 엄지발톱이 말했다.
'혼자 떠나는 여행은 춥고 외로울 거야.'

여행 전날 밤 설레는
단색 양말 스무 켤레
모두 짝꿍

우리는 벌어진 틈을 메울 필요가 없다.

스페인어 수업

쉐어 하우스를 운영하는 모니카 여사는
'프리오?'라는 말이 입에 붙었다.

눈 오는 밤 자신과 내 볼을 부비며
따뜻한 커피와 초콜릿을 잔뜩 챙겨주며
두툼한 이불을 한 채 더 덮어주면서도

연신 프리오,
프리오,

프리오?

따뜻한 볼과 뜨거운 커피, 포근한 이불.
프리오.

내가 아는 가장 따뜻한 말이다.

나의 오감

짝짤하게 말라가던 여행자의 목 축일 교토 아라시야마의 푸른 호수 - 마치 거대한 녹차와도 같은 푸른 웅덩이 - 앞에 섰다 수백만 개의 빨대가 꽂힌 듯한 대나무 숲이 푸르다 담백하고 습한 그늘 아래서 드는 생각, 그리고 이끼 낀 바위 숲 냄새가 푸르다

뜨겁고 짜게, 또 담백하고 푸르게

조용히 요동치는 나의 오감

도마뱀 찾기

"도와줘! 내 방에 도마뱀이 나왔어!"

천장에 매달린 손가락만 한 도마뱀을 보고, 나도 모르게 소리쳤다. 호텔 카운터에 앉아있던 빌리가 대수롭지 않다는 듯이 대답했다.

"응. 도마뱀은 어디에나 있으니까."
"하지만 천장에 매달려있단 말이야."
울먹이는 내 표정을 보자 그제야 조금 심각해진 빌리가 다시 한번 물었다.
"물린 거야?"

그래도 빌리는 좋은 사람이었다. 도마뱀이 흔하다고 말하면서도 방을 바꿔주겠다고 했고, 내 방에 와서 도마뱀이 있는지 확인해 주었다. 천장에 당당하게 매달려있던 도마뱀은, 막상 잡아 줄 사람이 오니 금세 자취를 감추었다. 커튼을 흔들어보거나 문을 여닫기도 해 보았지만 소용없었다. 그런데 문을 열고 닫다가, 문의 귀퉁이가 깨진 것을 발견했다. 한구석이 깨진 문틈은 옆방의 빛이 들어오고 있었다. 도마뱀은 낡은 호텔 벽과 문의 깨진 부분을 자유자재로 드나드는 것 같았다. 이래서야 도마뱀 입장에서는 문이 열려 있는 것과 다를 것이 없었다. 십여 분간 씨름했지만 도마뱀은 흔적도 없었고, 등에서는 땀이 죽 흘렀다. 갑자기 달고 시원한 것이 당겼다. 근처 슈퍼에 가서 아이스크림을 사왔다. 라오스에도 메로나가 있다니 대단하다, 한류. 사는 김에 빌리 몫의 아이스크림도 하나 샀다. 빌리에게 아이스크림을 내미니 싱긋 웃으며 받아든다. 그리고 포장지를 벗겨서 입에 물기 전에 갑자기 생각난 듯이 말했다.

"연우, 도마뱀이 무섭다고 했지?"
"응. 우리나라에서는 이렇게 흔하지 않거든."
"그렇구나. 도마뱀이 안 보이면 괜찮지 않을까? 방에서 안경을 벗는다던가."
"그렇다고 해서 도마뱀이 없어지는 것은 아니잖아."
"도마뱀은 아무도 해치지 않으니까."

듣고 보니 제법 그럴싸한 생각이다. 방에 들어오자마자 안경부터 벗었다. 안경을 벗자마자 눈앞에 있던 모든 형태가 흐릿해졌다. -8.0 디옵터인 내 시력으로는 도마뱀이 아무리 가까이 와 봐야 보일 리가 없다. 그러나 마음이 편한 것도 잠시였다.

눈이 안 보이니 여태껏 신경 쓴 적 없던 작은 소리가 거슬리기 시작했다. 도마뱀이 오갈 때 별다른 소리가 나지는 않지만, 가만히 있을 때는 '끄끄끄' 하는 소리가 낮게 울린다. 그 소리가 거슬려서 눈을 가늘게 뜨고 천장을 째려봤다. 그래 봐야, 흰 천장에 동그랗게 보이는 검은 얼룩이 몇 개 보일 뿐이었다. 나는 그 얼룩이 도마뱀인지 곰팡이인지조차 구분이 안 됐다. 안 보이니까 더 불안해진다. 결국 얼마 버티지 못하고 다시 안경을 썼다. 역시. 천장에는 도마뱀 한 마리가 매달려있었다. '징그러워!' 빗자루를 들고 천장에 휘둘렀다. 도마뱀은 네 발을 휘저으며 미끄러지듯 조금 옆으로 옮겨갔다.

나는 빌리의 안경을 벗으라는 말을 농담이라고 생각했다. 그런데 며칠 있어 보니, 라오스에서 도마뱀을 아예 안 보는 것은 불가능했다. 그 수가 너무 많았기 때문이다. 일부러 찾으려고 하지 않아도 식당, 간판, 벽 등, 시내 어디에서나 보였다. 간판의 그림이라고 생각하고 지나친 적도 있을 정도였다. 도마뱀들은 가만히 매달려 있다가, 누군가 쫓아내거나 소리가 나면 네발을 휘저으며 사라졌다. 도마뱀을 쫓는 사람은 주로 이방인이었다.

며칠간 도마뱀 천국을 여행하며 깨달은 것은 두 가지다. 하나는 자연과 공생하며 살아가는 라오스에서 도마뱀을 완전히 없앨 수는 없다는 것. 나머지 하나는 도마뱀도 자세히 보면 꽤 귀엽다는 것이다. 방에서 몇 번 도마뱀을 마주쳤지만, 더는 처음처럼 놀라지 않았다. 도마뱀은 내가 방에 있든 말든 자유롭게 들어와서 마음에 드는 곳에 자리를 잡았다.

비엔티안을 떠나는 날이 되었다. 빌리와 인사를 주고받다가, 벽에 붙은 도마뱀 한 마리가 보였다. 빌리가 구석에 놓인 빗자루를 집어 들었다.

"빌리 잠깐만, 그러지 마."
"도마뱀을 무서워하는 거 아니었어?"
"응 이제 괜찮아. 네 말대로 도마뱀은 아무도 해치지 않더라고."

내가 호텔 문밖으로 나서는 그 순간까지 도마뱀은 그 자리에 그대로 있었다. 그 모습이 작별 인사를 하는 것 같기도 하고, 사람 따위는 아랑곳하지 않는 것 같기도 해 보였다.

누구나 싫은 것 하나쯤은 있다. 그리고 싫은 것을 마주했을 때의 대처 방법은 싫은 것의 종류만큼이나 다양하다. 안 보면 그만일 수도 있고, 거칠게 상대방을 쫓아낼 수도 있다. 하지만 나는, 가끔은 그 상대에게 익숙해지려는 노력도 필요하다고 생각한다. 도마뱀이 묵묵히 제 자리를 지키던 것처럼 말이다.

첫날 빗자루를 휘두르는 나로부터 도마뱀은 왜 꼬리를 자르고 도망가지 않았을까? 내게 생명의 위협을 느끼지 않아서 일 수도, 꼬리의 재생이 녹록지 않았을 수도 있다. 어쩌면 낯선 상대에게 시간을 준 것은 아니었을까? 도마뱀은 나보다 훨씬 똑똑할지도 모르겠다.

네게 들려줄 말이 있어

뭔데요?

아까 화장실 변기에

네

갑자기

네네

오줌 누려는데

한꺼번에 말씀해주세요

작은 도마뱀이

귀엽다……

너무 무서웠어

놀라셨구나 에구

밤새 내 몸을 핥고 물어뜯을 것 같아서 그래서

네

변기물을 내려버렸어

그랬더니 세찬 물을 따라가버렸어

에구

…… 그간 미안했어

……

_〈도마뱀〉, 박주택, 『또 하나의 지구가 필요할 때』
문학과지성사, 2013

탁발의 추억

눈을 다 뜨지도 못하고 숙소를 나섰다. 아직 해가 뜨지 않은 이른 새벽이었다. 가로등도 없는 깜깜한 시골길이지만 별로 무섭지는 않았다. 내가 용감해진 것은 아니고, 아마 루앙프라방 전체에 깔린 경건한 분위기 때문일 것이다. 라오스는 전 국민의 95%에 달하는 인구가 불교를 믿는 나라이다. 그리고 라오스 남자들은 약 1년 정도 스님으로 절에서 생활할 의무가 있다고 한다. 어딜 가나 절도 많고 스님도 많다. 불교 국가에 온 김에 탁발을 직접 보고 싶었다. 탁발은 스님들의 행렬에 음식 등을 공양하는 것이다. 라오스뿐 아니라 미얀마, 태국 등 불교문화가 뿌리 깊은 국가에서는 드문 문화가 아니라고 한다. 시주할 것을 미리 준비하지 않았으므로 길거리 노점에서 대나무 통에 담긴 찰밥을 샀다.

"하우 머치?"
"사만 킵"

라오스에 머문 열흘간 수많은 사원과 순박한 사람들을 만

나왔다. 그런데 아이러니하게도 가장 불교적인 도시인 루앙프라방에서 가장 세속적인 상인을 만났다. 상인은 찰밥 두 통을 내밀며 4만 킵 이라고 했다. 이게 비싼 건지 싼 건지 감이 안 잡힌다. 비싸다고 해도 부처님에게 시주할 것을 흥정해서는 안 되겠지? 어떻게 할지 조금 고민하고 있자니 상인은 1개에 2만 킵에 주겠다고 선심을 썼다. 내가 바보인 줄 알아?!

슬쩍 기분이 나빠진 나는 대답도 않고 돌아섰다. 세 걸음 떨어진 옆 노점으로 가서 얼마냐고 물어보니 1개에 1만 5천킵 이라고 했다. 찰밥 통의 모양도 똑같았기에 더 저렴한 옆 노점에서 두 개 사기로 했다. 돈을 꺼내는데 저 뒤에서 "퉤퉤!"하고 침 뱉는 소리가 났다. 그는 나 들으라는 듯 큰 소리로 몇 번 더 침 뱉는 소리를 냈다. 어이가 없었다. 만 킵은 우리 돈으로 천 원이 조금 넘는다. 심지어 나는 깎아 달라고 흥정을 한 적도 없었다. 그런데 아침부터 사람을 바보 취급하고 침까지 뱉다니. 불경하다!

둥근 대나무 통을 여니 찰밥에서 따뜻한 김이 올라왔다. 자리를 잡고 앉아서 기다리니 저 멀리서 주황색 승복을 입은 탁발 행렬이 다가왔다. 아직 온기가 남아있는 찰밥을 뜯어 일렬로 걸어오는 스님들의 시주 바구니에 넣기 시작했다.

내가 생각한 탁발은, 공양을 하는 사람이나 스님이나 서로

경건한 자세로 천천히 진행하는 것이었다. 그런데 실제로 해 보니 무척 빠르게 지나갔다. 라오스의 스님들은 결혼은 하지만, 다른 이성과는 옷깃조차 스쳐서는 안 된다고 한다. 그래서 시주할 때도 서로 닿지 않도록 신경 쓰며 빨리 지나간다. 나도 혹시라도 손이 닿을까 봐 시주 바구니에 밥을 던지다시피 넣었다. 떼고 넣고 떼고 넣고. 기계적으로 손을 움직이고 있는데 키가 작은 동자승의 시주 바구니 속이 보였다. 바구니에는 다양한 물건이 들어 있었다. 캔 음료와 과자, 사탕, 심지어 현금까지. 분명 정성스럽게 준비한 시주일 텐데, 보고 나서 마음이 따뜻해지기는커녕 걱정이 앞섰다. 밥과 돈이 함께 들어있다니, 이거 위생적으로 괜찮은 걸까?

분명 경건한 마음으로 탁발 시주를 하러 왔다. 하지만 찰밥을 사는 것부터 시주하는 것까지, 어쩐지 번뇌만 한가득하다.

찰밥이 다 떨어지면 앉아있던 자리에 밥통을 두고 돌아가면 된다. 어느새 내 밥통도 텅 비었다. 밥통을 두고 구석으로 자리를 옮겼다. 그리고 구석에 서서 탁발 행렬을 마저 바라보았다. 어둡던 하늘이 서서히 파랗게 밝아지기 시작했다. 찰밥을 팔던 상인들은 하나둘 노점을 접고 돌아갈 준비를 했다. 선선한 새벽 바람에도 불구하고 그 이마에 땀방울이 맺힌다.

문득 아까 내게 찰밥을 비싸게 팔려고 한 상인은 오늘 준비한 것을 다 팔았을지 궁금해졌다. 나는 단돈 천 원을 손해 보지 않기 위해서 굳이 옆 사람에게 물건을 사야 했을까? 어쩌면 천 원 더 쓰고 기분 좋게 상인의 그 날 장사를 '개시'해 줄 수도 있었던 것 아닐까? 스님에게 밥을 나눠 주는 것은 신성한 것으로 생각하고, 생계를 위해 이른 새벽부터 밥을 지었을 상인에게는 흥정할 생각부터 한다니. 불경한 것은 침을 뱉은 그였을까, 아니면 나보다 적게 가진 사람에게 조금도 손해 보지 않기 위해 발버둥친 나였을까.

더는 스님들의 행렬이 보이지 않게 될 때까지 바라보다가 숙소에 돌아와 침대에 쓰러지듯 누웠다. 그리고 낮잠을 실컷 잤다. 새벽에 생각을 많이 한 덕분인지 아무 꿈도 꾸지 않았다.

오후에 일어나서는 스쿠터를 타고 꽝시 폭포까지 달렸다. 속도를 좀 내보고 싶은데 자꾸 길 한가운데에 소가 서 있는 바람에 실컷 달릴 수가 없었다. 도로에서 휴식을 취하는 송아지도, 느리게 가까워지는 염소 떼도 모두 평화로워 보였다. 내일 아침에도 이 길에는 또다시 탁발 행렬이 지나겠지. 다음 날 일정을 생각하며 여비를 계산하다가 봉투에서 돈을 조금 더 꺼냈다.

내일은 그 노점을 다시 찾아가서 찰밥을 살 작정이다.

두 개 사만 킵을 다 내고.

블루 라군

필요한 것은 약간의 용기와 젖어도 되는 옷
발바닥 가운데가 간질거려 숨을 몰아쉰다

잠시 날았다가 그대로 고꾸라진다
눈앞에는 끝을 알 수 없는 녹음이 펼쳐진다

눈과 코와 입에 물살이 파고들고
그 위로 삶의 열망만큼이나 무수한 거품이 일었다

수막을 걷어낸 햇살이 눈부시다
귀에서 찐득한 민물이 흘러나온다

첫 도전에 어깨가 조금 으쓱해지는 순간
나무 위에서 누군가 또 발가락을 움츠리고 서있다

행복과 가난

라오스 여행을 준비하며 라오스에서 '욕심 없는 순수한 사람들'을 만날 수 있다는 말을 숱하게 들었다. 그런데 정작 라오스에 도착하고 처음 한 생각은 '대체 여기서 뭐 해서 먹고 살지?'였다. 라오스는 동남아시아에서도 특히 가난한 나라이다. 공장 등의 생산 체계가 없어서 일거리가 없다. 그리고 모든 것을 수입하기 때문에 소득 대비 물가는 상당히 높다. 옆 나라 캄보디아처럼 유명한 관광지라도 있으면 좋을 텐데, 특별히 내세울 만한 관광 자원도 없다. 그런데 사람들은 행복하고 욕심이 없다고?

솔직히 나는 '가난하지만 행복한 사람들'이라는 말을 좋아하지 않는다. 여기에는 가난, 질병 등의 불행을 타자화하는 것에 대한 거부감도 한몫했다. 그리고 단언컨대 라오스 사람에게 '너는 가난하지만 진짜로 행복하냐'고 물어본다면 기분 나빠할 것이다. 누가 나에게 '암에 걸렸는데도 행복해요?'라고 물어보면 불쾌할 테니까.

적어도 내가 라오스에서 만난 사람들은 좋은 사람은 좋고 나쁜 사람은 나빴다. 친절한 사람, 불친절한 사람, 인심이 좋은 사람, 사기꾼 등 다양했다. 어쩌면 사람 사는 곳 다 똑같다는 말은 여행의 환상을 다소 깨트릴지도 모르겠다. 그러나 그편이 '나는 절대 겪기 싫은 가난을 겪으면서도 행복하고 순수한 사람'이라는 수상한 수식어보다 차라리 인간적이지 않은가.

우리가 보기에 라오인 들이 행복해 보이고 유독 순박하게 느껴지는 이유를 생각해봤다. 어쩌면 그들의 순수함은 때묻을 것조차 없었던 지독한 가난 때문이었을지도 모른다. 라오스는 대부분의 채소가 유기농이다. 그것은 그들이 미개한 것도, 신에 가까워서도 아니다. 단지 농산물인 채소보다 공산품인 농약이 더 비싸서 약을 칠 수가 없는 것뿐이다.

분명, 라오스 사람들은 좋지 않은 인프라에서도 꿋꿋하게 생계를 일군다. 청소, 툭툭이 운전, 수 공예품 판매 등 각자의 역할을 찾으면서. 그 안에는 자신이 행복하다고 느끼는 사람도 있고, 불행하다고 느끼는 사람도 있을 것이다. 그러나 타인이 함부로 그들의 행복을 가늠해서는 안 된다. 가난과 행복은 전시품이 아니다. 우리가 개발도상국 사람들을 보며 '행복도'를 논하는 것이 과연 서양의 오리엔탈리즘과 무엇이 다를까?

천국과 바나나

#1

"우리가 죽어서 불지옥에 떨어지지 않고, 구원받기 위해서 믿음을 가집시다."

지독하다고 생각했다. 종교적인 부분에 있어 딱히 선입견을 품고 살았던 적은 없건만, 힘들고 아픈 사람만 가득한 병원에서의 포교는 다른 말로 표현할 길이 없었다. 살기 위해서 더럽게 애쓰고 있는 사람들 앞에서 '죽어서 천국에 가려면'이라는 표현을 하다니 잔인했다. 그날 이후로 내게 '천국'과 '지옥'이라는 단어는 오로지 불쾌함만 떠올리게 할 뿐이었다.

"저기 좀 봐, 사람들이 모두 저기가 천국 같대."

TV를 보던 엄마의 환호에 노트북에서 눈을 떼고 시선을 옮겼다. 천국의 해변이라 일컫는 보라카이가 지나친 환경오염을 막기 위해 잠시 출입을 통제한다는 내용이었다. 당장 갈 수도 없는 곳이라면서, TV에서는 역설적이게도 그곳의 지나치게 아름다운 모습만 보여줬다.

몇 개월 뒤 언니가 뜬금없이 해외로의 첫 가족 여행을 추진하겠다고 했다. "어디 가고 싶은 데 없어?" 언니의 물음에 나와 엄마가 동시에 대답했다. "보라카이!"

우리는 그렇게 재개장을 앞둔 보라카이로의 여행 계획을 짜기 시작했다. 나름 여행을 다닐 만큼 다녀봤다고 생각했는데, 보라카이도, 부모님을 모시고 가는 해외여행도 처음이라서 따져봐야 할 것이 많았다. 특히 한참이나 여행객의 출입을 통제했던 장소라서 특별한 정보를 얻을 곳도 없었다. 출발을 며칠 앞두고 호텔 측의 사정으로 숙소 예약이 취소되어 그야말로 '멘붕'을 겪었다. 부모님을 모시고 모랫바닥에서 잘 수도 없는 노릇이라서 밤이 새도록 숙소 관련 정보를 찾느라 머리가 터질 것 같았다. 그래도 보라카이는 마치 '천국' 같다던 말만 믿고 결심했다. 꼭 갈 거야. 가서 엄청나게 재미있게 놀고 올 거야. 나는 살아있으니까, 좋다는 곳은 다 가볼 거야.

#2

새벽 4시에 인천공항에 도착했다. 6시 비행기를 타서 약

4시간 뒤에 내렸다. 그 후 봉고차를 타고 2시간 동안 비포장도로를 달려 까띠끌란 선착장에 도착했다. 선착장은 사람으로 터져나가기 직전이었다. 통통배를 타고 30분을 더 가는 동안 속으로 침을 스무 번 정도 뱉어가며, 이런 교통 불편한 곳에 다시는 안 오리라고 결심했다.

배에서 내려 여러 사람과의 경쟁 끝에 '툭툭이'를 잡아타고 약 20분 후에야 겨우 호텔에 도착할 수 있었다. 기내식도 먹지 않고 왔으니 우리 가족은 오후 네 시 반까지 공복인 셈이었다. 도저히 밖에 나갈 힘이 나질 않아 호텔에서 밥을 먹기로 했다. 까짓거 호텔이니까 비싸도 별수 없다고 생각했는데, 배가 터지게 먹었는데도 우리가 지불한 금액은 5만 5천 원 남짓이었다.

배가 부르니 아름다운 경치도 눈에 들어오고, 계산해보니 물가도 싸고, 정말 여러모로 '천국'이라는 표현이 딱 맞았다. 그러나 문득 한 편으로 이런 생각도 들었다. '나에게나 천국이지, 여기 사는 사람들에게도 이곳이 천국일까?' 물가가 싸다는 것은 곧 인건비가 저렴하다는 것을 의미했다. 실제로 필리핀 사람들은 우리가 상상하기 어려울 정도로 적은 금액을 받고 일한다. 나의 이런 생각을 발전시키다가 결론지은 것이 있는데, 이름하여 '바나나 이론'이다.

부모님은 어린아이처럼 내내 모든 것을 신기해하셨다. 특히 엄마는 별것 아닌 것에도 까르르, 소녀처럼 웃음이 터지곤 했다. "들어봐, 아까 나갔다가 무슨 일이 있었게?" 듣자 하니 부모님은 아침 산책을 하던 중, 호텔 뒷골목에서 몽키 바나나를 파는 필리핀 할머니를 만났다. 상태도 별로 좋지 않은 바나나지만 그냥 호기심에 사볼까 하는 생각이 들었단다.

"하우 머치?"
"백 페소."

필리핀 할머니는 너무 아무렇지도 않게 한국말로 또박또박 100페소(약 2,300원)을 불렀다고 한다. 작고 상태가 좋지 않은 바나나인데 생각보다 싸지도 않아서 발걸음을 돌렸다고 한다. 점심에 바닷가에 갔다가 돌아오는 길에도 할머니를 만났다고 한다. 바나나는 얼추 거의 팔리지 않은 것처럼 보였고, 그래서 부모님은 또다시 가격을 물어 보았다.

"하우 머치?"
"오십 페소."

그 정도면 가격이 괜찮은 것 아닌가 싶었지만, 마침 바다에 다녀오던 길이라 주머니에 지폐가 없었다. 그래서 그냥 돌아왔는데 저녁이 되도록 할머니는 그 자리에서 그대로 바나나를 팔고 있는 것이었다. 이번에는 오십 페소에 살 요량인데도 습관적으로 가격을 물었다고 했다.

"하우 머치?"
"이십 페소."

부모님과 바나나를 까먹으면서 생각했다. 이 바나나의 적정 가격은 대체 얼마일까? 똑같은 바나나가 아침에는 백 페소, 점심에는 오십 페소, 저녁에는 이십 페소라니. 혹시 우리가 본의 아니게 길거리에서 과일을 파는 할머니를 놀린 것은 아닐까?

우리에게는 천국 같은 보라카이가, 현지인들에게는 딱히 그렇지도 않은 것은 아닐까? 결국, 세상 모든 것이 상대적이라는 생각이 들었다. 그날 이후로 무언가 절대적이지 않은 것을 볼 때면 '이런 게 바나나 이론이지'라고 생각한다. 그때는 무언가 대단히 새로운 것을 발견한 느낌이었는데, 이제 와 글로 적으니 개똥철학이다.

#3

나라면 이곳을 '밀가루 해변'이라 불렀을 거라고 생각했다. 말 그대로 백사장이 끝도 없이 펼쳐져 있었다. 그림같이 늘어진

야자수와 투명하기까지 한 바다가 참으로 조화로웠다. 생수처럼 맑은 바닷물이라서 마치 아무 맛도 안 날 것 같았는데, 스노클링을 하다가 코에 물이 들어가고 보니 참으로 짰다. 파도 위로 쉴 새 없이 부서지는 햇빛이 마치 유리 조각처럼 반짝거리고 뾰족했다. 바다도, 날씨도, 부모님의 쉴 새 없는 웃음도 온통 빛났다.

"나는 잠깐 앉아있을게요."

온 가족이 물질하는 해녀처럼 온종일 바다에서 나올 생각이 없었다. 잠깐 풍경을 눈에 담고 싶어서 혼자 떨어져 나와 바다를 지켜보고 앉았다가 그대로 누웠다. 하얗고 따뜻한 모래의 보드라운 느낌이 좋아서, 모래 속에 손가락과 발가락을 파묻고 계속 꼼지락거렸다. 하늘이 바다처럼 파래서 마치 그 둘의 경계가 어디인지 헷갈렸다.

"보라카이 어떤가요?"

여행기를 업로드하자 블로그에 사람들이 댓글로 질문을 남긴다. "가족 여행~! 부러워요." "총 얼마 들었어요?" "부모님 입맛이 까다로우신데 맛집이 많은가요?" "교통편은 어때요?" "숙소는 어디 하셨어요? 벌레 있나요?"

정성스레 답글을 달다가 잠시 기지개를 켠다. 크게 숨을 내쉬니 보라카이의 모습이 생생하게 펼쳐진다.

누구나 똑같다. 여행을 떠나기 전에 궁금했던 것은 경비, 맛집, 동선, 그리고 숙소에 관한 정보다. 하지만 여행 후에 온전히 남는 것은 언제나 그곳의 공기, 온도, 냄새, 촉감이다.

그러고 보면 우리가 매일 생각하고 따지는 물질적 가치란 대체 얼마나 일시적인 것들인가. 그럼에도 불구하고 무시할 수는 없지만 말이다.

여행편지

〰〰〰

손편지를 좋아한다던 그녀는, 편지야말로 '오롯이 자신만을 생각한 시간의 증거'라고 말했다. 밝고 상냥한 사람이었다. 암 환자 커뮤니티에서 알게 되어 한 번도 만나본 적은 없었지만, 나는 우리가 꽤 좋은 친구가 될 수 있겠다고도 생각했다. 하지만 그것으로 끝이었다. 갑자기 그녀 쪽에서 일방적으로 연락을 끊었다. 서로의 건강 상태가 호전되면 놀러 갈 요량으로 물어본 적이 있어서 주소는 알고 있었다. 문득 그녀가 편지에 대해서 했던 말이 생각났다. 안부 편지를 한 통 보내볼까 하고 몇 자 적기 시작했다. 그러나 서운한 마음과 쑥스러운 마음이 뒤엉키는 바람에 금세 그만두었다. 마음에 남아있었던 응어리 같은 것은, 장기 여행을 준비하며 잊어버리고 말았다.

연락이 끊긴 지 다섯 달 만의 일이었다. 그녀 이름으로 온 메일에는 그동안 그녀에게 잘해줘서 고맙다는 말이 적혀있었다. 차마 끝까지 읽을 수가 없었다. 우리는 별로 친한 사이가 아니었다. 자주 만나던 사이가 아니라서, 오히려 어딘가에 살아있을 것만 같았다. 그래서 그녀의 죽음을 받아들이고 명복을 빌어

주기까지 꽤 오랜 기간이 걸렸다. 그 이후로도 종종 부고를 들었다. 암 환자가 되면 죽음에 덤덤해질 줄 알았다. 아니다. 이별할 때마다 매번 내 가슴에는, 먼저 보낸 이들의 이름을 닮은 상처가 새로 생겼다.

오랜만에 방을 정리하다가 편지가 잔뜩 쌓인 상자를 발견했다. 봉투에는 이제는 연락이 닿지 않는 사람들, 옛 친구, 전 남자친구 등등의 이름이 적혀있었다. 어두운 곳에 먼지를 잔뜩 뒤집어쓴 구불구불한 글씨들. 시간이 흘렀지만 추억은 상자 속에서 그대로 멈춰있었다. 버리려다가 그녀의 말이 생각나서 '나만을 생각한 흔적'을 버리기 아까워졌다. 상자를 다시 닫아서 서랍 한구석에 두었다.

그 이후로는 여행지에서 풍경을 담은 엽서를 하나씩 사서 사람들에게 보내기 시작했다. 가까운 가족부터 오래간만에 연락하는 친구들까지. 별다른 이유는 없다. 익숙하지 않은 곳에서 익숙한 그 사람만을 생각했던 순간이 있다는 것을 알려주고 싶을 뿐.

어떤 그리움에게

이곳은 조금 춥습니다. 기온은 한국보다 10도가량 높다고 하는데 종일 비가 와서일까요, 아니면 집에 아무도 없어서일까요. 최근 피부에 트러블이 잔뜩 생겼어요. 불긋한 흉이 굳어가는 자리가 너무 간지러워요. 병원에서는 평소에 먹는 약의 영향이라며 약을 잔뜩 처방해 주셨어요. 약의 부작용을 약으로 다스리다니, 제 몸은 전부 약으로 이루어져 있는 걸까요? 이럴 줄 알았으면 약대를 갔어야 해. 당신은 이 시답잖은 농담에 조금 웃다가, 언제나와 같이 연고와 면봉을 건네주겠죠. 오늘따라 약이 좀 쓰네요.

요즘 아침마다 토마토와 계란 한 알을 국그릇에 담아 전자레인지에 데워 먹고, 주말에는 바르셀로네타 해변에서 일광욕을 하곤 합니다. 소매치기 걱정은 없어요. 10유로짜리 지폐는 언제나 안주머니에 깊숙하게 넣어 두거든요. 참, 오늘 단수였어요. 관리인이 엘리베이터에 안내문은 붙여두었는데, 제가 스페인어를 잘 읽지 못해서 머리에 샴푸를 묻힌 채로 발만 동동 굴렀지 뭐예요.

타지에서의 생활은 매 순간이 신기하고 낯설어서 가끔 바보가 된 것 같아요. 그래도 다행히 더 이상 눈물이 나오지는 않네요. 아직 마음에 근육이 붙지는 않을 것 같지만, 눈물샘에는 조금 붙었을지도 모르겠어요. 당신 말처럼 결국은 살아지는 걸 보니까 말이에요. 내일은 미뤘던 빨래를 하고, 고딕지구로 츄러스를 먹으러 갈 거예요. 온종일 행복할 예정입니다.

하고 싶은 말을 나열하니 끝이 나지 않아서 여기까지만 씁니다. 부디 건강하기를.

– 2018년 12월, 조연우로부터

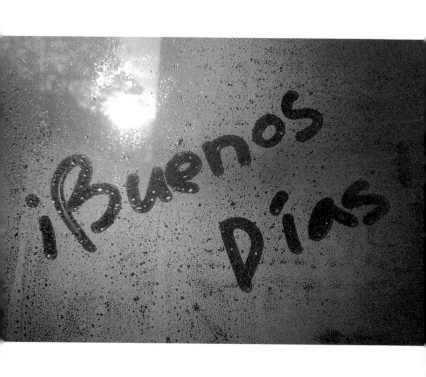

천국이든 다음번의 삶이든 상관없다
그저, 당신을 다시 한번 만나고 싶다

오랜만이야

몇 번이고 하고 싶은 말

불 火

침대맡에 앉아서 사과를 먹는 아침
세상에서 제일 재밌는 구경이 불구경이라는 농담처럼
무심코 바라본 창밖이 까매서 눈을 뗄 수가 없다
창문이었던 구멍은 쉴 새 없이 연기를 토해낸다

가난한 이민자들이 모여 사는 라발지구
백 년이 넘은 낡은 집에서 스프링클러가 작동할 리 없다
건물이 벌겋게 녹을 수도 있다는 사실을 이때 알았다
한때 발코니였던 것이 제 무게를 이기지 못하고 떨어진다
머리에 히잡을 두른 여인이 건물 앞에 주저앉는다

불이 꺼지고 몰려든 사람들이 돌아간 후에도 한참
타버린 벽을 어루만진다

나는 아침밥으로 사과를 먹으며 창밖을 바라본다
집이 있던 자리에는 재만 잔뜩 남았고 언제 그랬냐는 듯
하늘은 뻔뻔하게도 파랗기만 하다

시원하게 비나 쏟아졌으면 좋겠는데.
불구경이 가장 재미있다는 농담이 떠오르는 밤,
아름다운 도시 한구석에 거무스름한
여인의 손자국 나 있다

죽음에 관하여

바르셀로나에서의 1월 1일, 빵을 사러 갔다 돌아오는 길에 웅성거리는 소리가 들렸다. 연말연시이니만큼 '혹시 대단한 구경 거리가 있는 것은 아닐까'하는 작은 기대감이 들었다. 그러나 정 작 내 눈에 보인 것은 하얀 천에 덮여있는 사람의 맨발이었다. 표 백한 것처럼 하얗고 쪼글쪼글한 작은 발.

구급 대원들은 들것에 사람을 실어 옮기고 있었다. 구경하 기엔 어쩐지 죄책감이 들어 서둘러 고개를 돌렸다. 집에 돌아오 고 저녁이 되어서야 낮에 사 온 빵을 꺼냈다.

식어서 딱딱하게 마른 빵이 또 아까 본 발을 떠올리게 했다.

생각해보면, 나는 항상 정돈된 형태의 죽음만 접해왔다. 그 래서 '죽음'하면 떠오르는 것이라고 해봐야 '영정사진, 국화꽃, 장 례식장' 정도였다. 흰 천과 발바닥은, 태어나서 처음 마주친 날것 그대로의 죽음이었다. 그래서인지 그 뒤로도 종종 그 작은 발이 떠오를 때가 있었다.

몇 달이 지나 귀국한 나는 검진을 위해 병원을 찾았다. 차례를 기다리며 TV를 보는데 뉴스가 나왔다. 아나운서는 미국 워싱턴 주에서 세계 최초로 매장이나 화장 방식이 아닌, 새로운 장례 문화를 시작한다는 소식을 전하고 있었다. 이른바 '퇴비 장례'로, 사람의 시신을 퇴비로 만들어 진정한 자연으로 돌아가게 하는 것이란다. 빠르게 자연분해 되는 수의에 대한 아나운서의 말이 채 끝나기도 전에 한 할아버지가 '재수 없는 소리를 한다'라며 채널을 돌려버렸다.

죽은 후에는 모든 것이 멈춰버린다고도 하고, 살아서는 볼 수 없는 어떤 길을 간다고도 한다. 어느 말이 맞는지는 알 수 없으나 한 가지는 확실하다. 사람의 몸은 죽으면 어떤 방식으로든 자연으로 돌아간다는 것이다. 안토니오 가우디는 카사 밀라를 지으면서 밀라 부인의 화장대가 들어가는 자리에 '인간은 한 줌의 흙이니 흙으로 돌아가리라'*라는 문구를 적어 넣었다. 밀라 부인은 그 문구가 마음에 들지 않았는지, 후에 석고로 덮어버렸다고 한다. 퇴비 장례 이야기를 듣자마자 채널을 돌려버린 할아버지처럼, 밀라 부인도 가우디의 말을 재수 없는 소리라고 생각했던 것일까?

중증 환자로 비교적 죽음과 밀접한 관계가 되고 나서, 그 주제로 이야기를 하기가 더욱 불편해졌다. 상대가 누구든 말을 꺼내는 것만으로 분위기는 가라앉고, 어떤 금기를 거스르는 듯 찝

찝함이 한가득 남는다.

그러나 죽음에 관한 관심은 본능적이다. 나도 한 번쯤 가까운 사람들과 죽음에 관한 이야기를 나눠보고 싶다. '언제 어떻게 죽게 될지,'어떤 장례절차를 따르고 싶은지' 등. 이런 이야기를 꺼내면 내가 암에 걸린 것을 아는 사람은 과도하게 슬퍼할 것이고, 모르는 사람은 재수 없는 얘기를 한다며 화를 낼지도 모르겠다. 그렇지만 누구도 영원히 살 수는 없다.

영화 <코코>에서는 죽음을 슬프게만 표현하지 않는다. 실제로 멕시코에는 2003년 유네스코 인류 구전 및 무형유산 걸작으로 지정된 '죽은 자들의 날'이 있다. 매년 10월 31일부터 11월 2일까지를 떠났던 영혼이 돌아오는 날로 여기고 축제를 연다. 죽음에 관련된 행사이지만 무겁고 침울한 분위기가 아니라, 사랑했던 이들을 춤과 노래로 함께 반긴다고 한다.

나도 언젠가 죽음을 마냥 슬프기만 한 것이 아니라, 탄생만큼 자연스러운 '삶의 마무리'로 여길 수 있을까? 한 작가는 '삶 전체가 죽음에 대한 준비이며, 어떻게 죽을 것인가 생각하는 인간은 분명 어떻게 살 것인가를 안다.**'고 했다. 자신의 삶을 객관적으로 바라보고 마무리까지 만족할 수 있으려면 죽음을 마주하는 자세가 필요할 것이다.

죽음이야말로 좋든 싫든 죽을 때까지
절대 외면할 수 없으니.

잘 보낸 하루 끝에 행복한 잠을 청할 수 있듯이
한 생을 잘 산 후에는 행복한 죽음을 맞을 수 있다.
_ 레오나르도 다빈치

---

* '인간은 한 줌의 흙이니 흙으로 돌아가리라' - 가우디는 카사 밀라의 건축 의뢰자 밀
라 부인(도냐 로사리오)의 화장대 옆에 이 문구를 새겼다. 불만을 가진 도냐는 가우디
가 죽은 후, 그 위에 루이 15세의 로코코 장식을 가미해 석주와 석고를 발라 리모델링
해 버렸다.
** 공지영, 『높고 푸른 사다리』

너무 빠른 타종과 열두 알의 포도

2018년의 마지막 날이 되었다. 카운트다운을 셀 때 종 치기를 좋아하는 것은 우리나라나 스페인이나 별반 차이가 없는 것 같다. 서울은 보신각에서 종을 치고 바르셀로나는 에스파냐 광장에서 종을 친다. 다른 점은 스페인에는 12번의 종소리에 맞춰서 포도를 먹는 풍습이 있다는 것이다. 연말 시즌 스페인의 슈퍼마켓에서는 청포도를 가게 입구에 진열해두고 파는 모습을 흔하게 볼 수 있다. 혹시 포도를 준비하지 못한 사람들을 위해서 길거리에 포도를 파는 상인들이 돌아다니기도 한다.

"많이 샀는데 우리 나눠 먹어요"

같은 아파트에 사는 A와 함께 밥을 먹던 중, 또 다른 동거인인 B가 반 덜어낸 포도봉지를 내밀었다. 사실 오늘은 쌀쌀한 날씨라던가 소매치기가 많을 것 같다, 등의 몇 가지 핑계를 대고 집에서 나가지 않을 생각이었다. 하지만 포도까지 받고 나니 안 가기도 애매해졌다. 결국 동거인들과 함께 카운트다운이 열리는 에스파냐 광장에 한번 가보기로 했다.

연말의 분위기는 유독 들뜬다. 카운트다운이 끝나고 나면 언제 그랬냐는 듯 허전한 마음이 될 텐데도, 시끌벅적한 소리에 나도 괜히 가슴이 쿵쾅거렸다. 에스파냐 광장 전체가 거대한 클럽이라도 된 것 같았다. 사람들은 자유롭게 춤을 추거나 술을 마시면서, 한 손에 포도봉지를 들고 새해가 시작되기를 기다렸다.

어느새 12시를 알리는 타종이 시작되었다. 그와 동시에 모두 입에 포도를 넣기 시작했다. 종 한 번에 포도 한 알씩, 총 열두 알의 포도를 먹는다. 독특한 풍습과 함께하는 한 해의 시작! 재미는 있었지만 정신이 없었다. 타종을 치는 속도가 빨라도 너무 빠르다!

"땡, 땡, 땡, 땡, 땡, 땡, 땡, 땡, 땡, 땡, 땡, 땡"

처음 세 알은 그래도 맞춰서 먹은 것 같은데, 그 다음부터는 도무지 따라잡을 수가 없었다. 우리는 허겁지겁 입에 포도를 쑤셔 넣기 시작했다. 씹을 시간도 없이 포도를 입천장과 혀 사이에 두고 마구 으깨다가, 씨를 뱉을 새도 없이 마지막 종소리와 함께 삼켜버렸다.

¡Feliz Año Nuevo!

종소리가 끝난 순간, 에스파냐 광장 뒤로 커다란 폭죽이 터지기 시작했다. 폭죽은 팡팡 요란한 소리를 내며 하늘을 수놓았다. 사람들은 서로 끌어안으며 새해 인사를 나눴다. 광장 가득 포도 향기가 나는 것 같았다.

카운트다운 행사를 다 보고 돌아오는 길에 문득 궁금해졌다. 다른 과일도 많은데 왜 하필 포도일까? 추측하건대, 이 풍습에는 종교적인 의미가 있을 것이다. 포도나무는 팔레스타인과 같이 덥고 건조한 기후, 산악 지형 등의 불리한 조건에서도 잘 자란다. 그래서 일찍이 히브리 사회에서 포도나무가 안정된 생활, 평화와 번영을 상징했다고 한다. 또한 포도는 성경에 자주 등장하는 과일이다. 성경에서는 포도나무를 예수님에 비유*하기도 한다. 스페인은 전 국민의 90% 이상이 가톨릭교를 믿는 독실한 가톨릭 국가이다. 그러니 스페인 사람들이 포도를 먹으며 한 해를 마무리하는 것은 꽤 잘 어울리는 풍습이겠다.

무교인 나는 추측만 해 볼 뿐, 포도가 가지는 종교적 의미에 대해서 완전히 이해하기는 어려울 것 같았다. 하지만 새해에 포도를 먹는 것은 참 마음에 드는 풍습이다. 덕분에 바르셀로나에서 보낸 2018년의 마지막 밤이 오래도록 유쾌하고, 향기롭고, 달콤하게 기억될 것 같아서.

---

* 성경에서 예수님은 자신을 포도나무, 하나님을 농부에 비유하셨다. (요15:1-11)

광장의 비둘기

새끼 비둘기 한 마리가 갈매기에게
목을 찔리던 새벽의 까탈루냐 광장

긴장과 안도의 숨이 공존하는 시간
하얀 새의 붉은 부리가 날카롭게 빛났다
쪼일 때마다 반대로 꺾이는 날개깃을
가족과 이웃. 그 누구도 돌아보지 않는다.

갈매기가 비둘기를 쪼아 먹던 아침,
나처럼 도태된 것들이 서러워
애꿎은 그림자만
발끝으로 툭툭 건드려보는 것은

좋아한다는 것

구름 없이 파란 하늘
그녀의 왼쪽 얼굴
어제 목욕한 강아지
창가의 다육이

커피잔에 남은 얼룩
밤과 새벽 사이 달
남겨두고 온 감정의 부스러기
정확하게 반으로 자른 두부의 단면

그저 늘어놓았을 뿐인데

걸음마다 꽃이 피었다

에그타르트 같은 사람

취미로 마카롱을 만들기 시작했다. 그런데 생각지도 못한 문제가 생겼으니, 바로 노른자였다. 마카롱 꼬끄를 만들 때는 흰자만 쓴다. 얼마 지나지 않아 냉장고에는 마카롱이 되지 못한 노른자만 잔뜩 남았다. 고민하다가 문득, 에그타르트를 만들 때는 흰자가 전혀 들어가지 않는다는 말이 생각났다. 검색해보니 만드는 방법도 별로 어렵지 않을 것 같았다. 나는 이내 조리법을 따라 만들기 시작했다. 한 시간쯤 지났을까, 어느새 골칫거리 노른자는 스무 개의 탐스러운 에그타르트가 되었다.

에그타르트는 포르투갈 리스본의 제로니무스 수녀원에서 처음 탄생했다. 당시 수녀들은 수녀복을 빳빳하게 하기 위해 계란 흰자를 사용했는데, 그래서 늘 노른자가 남았다고 한다. 그 남은 노른자를 처치하기 위해 개발한 디저트가 바로 에그타르트이다.

포르투 시내 곳곳에서 에그타르트를 팔고 있었다. 가격도 저렴한 것은 하나에 고작 0.5유로(한화 약 600원), 비싸도 1유로 정도밖에 안 했다. 어디서 먹어도 맛있을 것 같아 보였다.

"원 에그타르트, 플리즈"
"운 파스텔, 오브리가도!"

에그타르트는 현지에서 파스텔이라고 불렸다. 주먹보다 조금 작은 크기로, 겉면이 약간 탄 듯이 그을려 있었다. 곁눈질로 본 주변 사람들을 따라서 시나몬 파우더를 듬뿍 뿌렸다. 꼭 카푸치노 같은 모양이네, 생각하며 한입 베어 문 순간, 파삭, 하고 부서진 페이스트리 사이로 달콤한 크림이 흘러나온다. 여기에 향을 다채롭게 해주는 시나몬 파우더가 신의 한 수. 마저 먹어버리기 아쉽다. '딱 하나만 더 먹을까?' 하고 계산대 쪽을 쳐다보자, 주문을 받은 할아버지가 내 쪽을 보며 엄지를 치켜들었다. 그럴 줄 알았다는 듯, 자부심 가득한 표정이다.

결국 타르트를 하나 더 받아들고 가게를 나섰다. 이번에는 시나몬 파우더를 뿌리지 않고 먹어보았다. 부드러운 바닐라 향이 은은하게 입안에 퍼진다. 내가 만들었던 것보다 훨씬 맛있었다. 왜 이렇게 맛있지? 어쩌면 쓸모없는 노른자에게 새 삶을 주었다는 따뜻한 이야기 때문일 지도.

나도 세상의 나머지처럼 느껴졌던 시절이 있었다

직장과 건강을 잃은 내가 앞으로 할 수 있는 일이 있을까?
삶의 흰자를 모두 잃어버린 것 같았다
꼭 마카롱을 굽다 남은 골칫덩어리 노른자처럼
그런데 일기와 여행기를 쓰면서 내 이야기로 힘을 얻은
사람들도 있다는 것을 알게 되었다
문득 에그타르트 같은 사람이 되고 싶다는 생각이 든다
화려하고 예쁘지는 않아도, 모난 곳 없는 동그란 속과
달콤한 크림을 머금은,
꼭 흰자가 아니어도 괜찮다고 말해 줄 수 있는
한 입의 에그타르트!
내가 아는 가장 달콤하고 부드러운 위로다

포르투에서는 내내, 어디선가 풍겨오는 고소한 냄새에 들떴고 여행을 마치고 온 후에는 종종 에그타르트 굽는 냄새가 생각난다.

네번의 결혼 찬스

　버스에 타자마자 수많은 시선이 온몸에 꽂혔다. '아뿔싸, 이 버스가 아니구나'. 어쩐지 공항버스 요금이 너무 싸더라. 마라케시 국제공항에서 시내로 가는 버스 요금이 5디르함(한화 500원)일 때 뭔가 이상하다는 것을 느꼈어야 했다. 내 나이보다 20살은 족히 많아 보이는 낡은 버스는, 문도 제대로 닫지 않은 채 달리기 시작했다. 숨쉬기 힘들 정도의 만원 버스였다. 바르셀로나에서 캐리어를 안 가지고 온 것이 그나마 다행이었다. 외국인이 이 버스를 타는 일이 드문지, 버스 안의 모든 시선이 우리에게 고정되었다. 연예인이 와도 이렇게 주목은 못 받겠다.

　"웨어 아유 프롬? 차이나?"
　"노. 아임 코리안"

　맞은편에서 손잡이를 잡고 있던 남자가 말을 걸었다. 드문드문 흰 가닥이 섞였지만, 긴 수염이 멋들어지는 모로칸이었다. 코리아라는 말에 고개를 갸우뚱하더니 이내 씩 웃어 보인다. 아마 한국에 대해서 아는 것이 전혀 없나 보다. 나는 모로코에 대해서 잘 모르고, 남자는 한국에 대해서 아예 모르니 대화가 이어질 리가 없었다. 잠깐의 어색한 침묵이 흘렀다. 그러다 대뜸 내게 '결혼했니?'라고 묻는다. 사실대로 대답하려다가 어디선가 이슬람 문화권에서 여행할 때 조심하라고, 치근덕 거린다거나 기분 나쁜 경험을 했다는 이야기들이 떠올랐다.

"응. 결혼했어. 지금 신혼여행 중이야."
"오!"

남자의 감탄사에 다시 한번 버스의 시선이 모였다. 그는 한술 더 떠서 좁은 버스에서 과장된 손짓으로 손뼉을 세 번 쳤다. 빈말이라도 축하한다고 할 줄 알았다. 그러나 그가 하려는 말은 나의 예상과는 전혀 다른 것이었다.

"그거 알아? 모로코에서는 네 번 결혼할 수 있어."

당황한 우리를 아는지 모르는지, 남자는 말을 이어갔다. "나는 가난해서 결혼을 한 번밖에 못 했어. 하지만 너에게는 세 번의 기회가 남은 거야!"

아마 농담은 아니었을 것이다. "찬스"라고 말하는 남자의 눈은 확신에 가득 찬 듯 빛났다. 그는 우리가 대답하기도 전에 저

말을 끝으로 버스에서 내렸다. 신호를 무시하고 차 사이를 지나기 시작하더니 어느새 시야에서 완전히 사라져버렸다. 엉뚱한 사람이었다.

그런 걸 보면 기회라는 것이 많다고 꼭 좋은 것도 아닌가 보다. 무려 네 번의 '찬스'가 있다고 해도, 나는 결혼을 한 번만 하고 싶은 걸 보면 말이다!

낙타는 잘못이 없다

멀리 모래언덕이 보이는 메르주가의 호텔에서 마른 빵과 요거트로 아침밥을 먹었다. 빵은 아무 맛도 나지 않았지만 시큼한 요거트를 함께 먹으니 그럭저럭 먹을 만했다. 썩 맛있는 식사는 아니지만 아무도 불평을 하지 않았다. 사막을 앞에 둔 작은 마을에서 이만하면 진수성찬이지.

모로코에 온 것은 세 달간의 바르셀로나 생활을 마무리하던 시기에 충동적으로 결정한 일이었다. 집에 갈 날이 다가올수록, 스페인에서는 도무지 찾기 힘든 매운 음식이 먹고 싶어졌다. 가족들은 물론이고, 우리 집 막내 까비도 보고 싶다. 하지만 그리운 것들을 만남과 동시에 암 정기검진이 기다리고 있다. '혹시라도 전이, 재발이라고 한다면 어떻게 하지?' 그런 생각들이 꼬리에 꼬리를 물면, 집에 가고 싶다가도 가고 싶지 않았다.

그러던 어느 날 텔레비전에 사막이 나왔다. 순간 '사막에는 병원이 있을까?'라는 생각이 들었다. 조금 바보 같을지 모르지만, 사막에는 아무것도 없으니 아무것도 안 해도 될 것 같았다.

정말 그럴지 확인해 보고 싶었다. 바로 모로코행 비행기 티켓을 결제했다. 수화물이 포함되지 않은 저가 항공이므로 짐은 최대한 가볍게 꾸렸다. 몸도, 마음도 가벼웠다.

그러나 사하라 사막에 간다는 것은 결코 만만한 일이 아니었다. 바르셀로나에서 마라케시까지 비행기로 세 시간 이동한 다음, 그곳에서 메르주가까지 버스를 타고 열두 시간이 넘게 걸렸다. 자다 깨기를 반복하다가 인내심이 바닥나기 직전에서야 간신히 버스에서 내릴 수 있었다. 흙바닥 위의, 만화에서 나올 것처럼 생긴 집에서 알리 삼 형제가 우리를 반겨주었다.

그들은 사하라 사막투어와 호텔 운영을 겸하고 있었다. 그곳에서 하룻밤 자고 다음 날 아침에 바로 낙타를 타고 사막으로 가는 것이다. 버스 이동의 여독이 채 풀리기도 전이었지만, 기대감이 피로를 앞섰다. 이제 가자!

마른 빵 조각을 급히 입에 욱여넣고 허겁지겁 따라나섰다.

낙타를 타 보는 것은 태어나서 처음이었다. 서 있는 낙타는 내 생각보다 훨씬 키가 컸고, 앉고 일어날 때면 몸이 크게 흔들렸다. 낙타가 벌떡 일어날 때마다 '꺅!으악!'하는 짧은 비명이 들려왔다. 소리가 가까워질수록 손에 땀이 나기 시작했다.

나는 절대 소리 지르지 말아야겠다고 생각했다. 하지만 벌떡 일어나는 낙타의 흔들림에 나도 모르게 '으윽!'하고 이상한 소리가 새어 나왔다. 휘청, 하더니 시야가 높아졌다.

"낙타 등 위에서는 힘을 빼야 해."

낙타의 가느다란 다리는 한 걸음 내디딜 때마다 휘청거렸다. 별명이 잘못 건드리기만 해도 죽어버리는 '개복치'일 만큼 소심한 나였다. 낙타 등에 달린 손잡이를 잡은 손에도, 안장에 걸친 다리에도 힘이 들어갔다. 안장에 허벅지가 쓸리고 자세는 점점 더 불편해졌다. 알리 눈에도 내가 불편해 보였는지 한 번 더 힘을 빼라고 말했다. 이해가 되지 않았다. 상식적으로 온몸에 힘을 주고 매달려야 될 것 같은데 힘을 빼라니.

'혹시라도 떨어지면 전부 다 네 탓이야'라고 생각하며 애꿎은 알리의 뒤통수를 쏘아보았다. 그러면서도 천천히, 몸에서 조금씩 힘을 빼기 시작했다.

"어라?"

이상한 일이었다. 몸이 서서히 붕 뜨는 것 같은 느낌이 나다가, 곧 평온해졌다. 분명 당장이라도 모랫바닥에 내팽개칠 것 같이 흔들렸다. 그러나 안정감을 찾으니 높게만 느껴졌던 낙타의 등이 편안했다. 느릿느릿한 걸음이 주는 잔잔한 느낌은 꼭 바닷가에서 튜브를 타는 것 같았다. 그제야 낙타 다리나 힘이 잔뜩 들어간 내 발이 아니라, 드넓은 모래 평원이 눈에 들어왔다. 파란 하늘과 붉은 모래가 마치 태극기 같았다. 사막은 넓고 황량해서 이대로 걸어가다 보면 모두 하나의 점으로 사라져 버릴 것만 같았다.

낙타가 성미가 까다로운 동물이었다면 사막 사람들이 낙타를 타고 다녔을까? 오랫동안 물을 마시지 않아도 된다는 장점 외에도, 낙타는 성격이 온순한 동물이다. 그래서 사막의 대표적인 이동 수단이 되었다. 차분한 낙타를 더 편하게 타는 방법 같은 것은 애초에 존재하지 않는다. 문제는 걷느라 흔들리는 낙타가 아니라, 일어나지도 않은 일에 지레 겁을 잔뜩 집어먹고 낙타를 불편하게 한 내게 있었다. 그러니 해결 방법이라고 해봐야 힘을 빼는 것일 수밖에. 낙타가 나를 떨어트리려고 작정한 것도 아닌데 마치 월미도에서 디스코 팡팡을 탈 때처럼 온몸에 힘을 잔뜩 주고 버텼으니 얼마나 짜증 났을까? 불쌍한 녀석!

이처럼 문제란 기를 쓰고 해결하고자 할 때 풀리지 않다가도, 의외로 간단하게 해결되기도 하는 것이다. 당장 내게 닥친 문제가 떠올랐다. 무섭고 피하고 싶은 정기검진도 계속 고민만 해봤자 내 마음만 힘들어질 뿐이다.

생각에 힘을 빼기로 마음먹자 한결 편해지는 것 같았다.

때로는 온몸에 힘을 빼고 흐름에 나를 맡겨야
무탈하게 앞으로 나아갈 수 있다.

낙타의 관절은 두 번 꺾인다

일렬로 얌전하게 앉아있는 낙타는 사진에서 본 것과 똑같았다. 도톰한 봉우리가 제일 먼저 눈에 띄었고, 속눈썹이 길어서 참 예뻤다. 그러나 가까이 다가가니 꼬릿꼬릿한 냄새에 인상이 찌푸려졌다. '윽, 냄새!'하긴, 사막에서 씻을 수 있을 리가 없지'라며 혼자 이해하고 있을 때였다. 알리 형제의 손짓에 따라 낙타 한 마리가 벌떡 일어났다. 이내 다른 낙타들도 따라 일어나기 시작했다.

이때 내 눈 앞에 펼쳐진 장면은 보고도 믿기지 않는 것이었다. 낙타가 일어날 때, 다리 관절이 두 번이나 꺾이는 것이 아닌가! 낙타는 다리 관절이 세 개라고 한다. 그래서 일어날 때 먼저 무릎이 펴지고 발목이 한 번 더 펴진다.

낙타의 특이한 신체 구조에 대해서는 익히 들어왔다. 발가락이 2개라 모래 위를 걸어 다니기 알맞으며, 스스로 콧구멍을 막을 수 있다는 것 등. 그중 가장 도드라지는 특성은 등 뒤에 하나 혹은 두 개의 커다란 혹이 있다는 것이다. 나도 낙타를 마주

한 순간에 제일 먼저 낙타의 봉우리부터 쳐다봤다. '등에 커다란 혹이 있는 동물' 낙타를 처음 본 사람들의 감상은 대부분 나와 같았을 것이다. 다리가 어떻게 펴지는지 따위 알 방법도, 필요도 없었다.

"낙타 다리는 참 이상해. 저렇게 펴지면 아프거나 불편하지 않을까?"
"그렇지 않을걸."
알리는 낙타의 갈기를 쓰다듬으며 말을 이었다.
"낙타에게는 저게 당연한 거니까."

그렇다. 낙타의 입장에서는 일어날 때 다리가 두 번에 나누어 펴지는 것이 당연하다. 내가 그 사실이 신기하다고 느낀 이유는, 단지 내가 일어날 때 다리 관절이 한 번만 펴지기 때문이다. 낙타가 보기에는 오히려 내 쪽이 신기할지도 모를 일이다. 관절이 아프지 않을까 하고 걱정한 것 역시, 일어날 때 발목을 펼 필요가 없는 사람을 기준으로 두었기 때문이었다. 실제로 그날 그렇게 일어나다가 넘어지는 낙타는 한 마리도 없었다.

그러고 보면 사람은 조금씩 본인이 속한 곳 위주로 생각하는 경향이 있는 것 같다. 내가 건강하면 남이 아픈 것을 헤아리기 어렵고, 내가 배부르면 타인의 굶주림을 이해하기 어렵다. 아주 오랫동안 그런 식으로 존재해 온 낙타의 다리는 처음 본 사람의 기준에 따라 이상한 것이 되기도 한다. 그러나 타인의 판단과는 상관없이 낙타는 하루에도 몇 번씩 일어나고 앉는다. 그리고 그때마다 다리 관절이 두 번씩 꺾인다.

앞으로의 여행에서 내가 엄청난 발견을 해낸다는 보장은 없다. 그럼에도 다음 여행을 기약하는 것은 '사소한 발견'에 대한 기대 때문이다. 나는 앞으로도 낙타의 다리 관절처럼 작지만 직접 봐야 찾을 수 있는 것들을 계속해서 찾아내고 싶다. 그로써 언젠가 내 안에 존재하는 단단한 고정관념을 깰 수 있을 것이라 믿는다. 변화는 작은 것부터 시작되는 법이다.

타인의 취향

나에게는 언니가 한 명 있다. 한 살 많은 언니는 친한 친구이자 내가 가장 좋아하는 여행 메이트이다. 각자 잠시 외국에서 살았던 시기를 제외하고는 쭉 함께 살았기에 서로를 잘 알고 성격도 잘 맞는다. 직장을 다니고부터 시간을 맞추기 힘들어졌지만, 여전히 날짜만 맞으면 함께 여행을 다니곤 한다. 그러나 우리의 취향은 정 반대에 가깝다. 언니는 낯선 음식도 잘 먹고 추위를 많이 탄다. 나는 향신료 향에 약하고 더위를 많이 탄다. 그래서 함께 갔던 대만 여행을 다시 떠올리면 언니는 맛있는 게 많아서 좋았다고 하고, 나는 우육면의 냄새가 떠올라 속이 메스꺼워진다.

"홍콩 진짜 좋더라."

덥고 배고팠던 대만 여행 이후, 오래도록 중화권은 내 관심 밖이었다. 그런 내가 중화권 국가인 홍콩을 찾은 것은 순전히 언니의 저 말 한마디 때문이었다. 혼자 여행을 좀 다녀오겠노라 통보했던 언니는 돌아오자마자 홍콩 타령을 했다. 스트레스가 가득 찼던 날 퇴근길에 홀린 듯이 특가 비행기 표를 예매했다고 했다. 뭐가 유명한지도 모른 채 일단 가보겠다더니, 다녀온 뒤로는 야경을 봐도 홍콩, 편의점에서 냉동 만두를 봐도 홍콩이었다. "그만해, 이 홍콩 할매야!" 이쯤 되니 거기에 내가 모르는 무언가가 있나? 하는 생각이 들었다. 결국 몇 달 뒤, 우리는 함께 홍콩으로 떠났다.

공항에서 나오니 이미 홍콩은 새벽이었다. 온 공기가 설탕물이라도 바른 양 끈적거렸다. 아니, 마치 내가 녹고 있는 거대한 솜사탕이 된 것만 같았다. 네온사인의 색처럼 알록달록한 무지개색 솜사탕.

"진짜 좋지?"

아직 제대로 본 것도 없는데 자꾸 혼자 좋다고 하니 얄미웠다. 언니고 뭐고 한 대 콩 쥐어박고 싶어졌다. 침사추이로 가는 2층짜리 야간 버스에 탔다. 에어컨이 나오니 좀 살 것 같았다. "저기 봐! 예쁘지?" "한국에도 있는 간판인데 뭐." 원래도 더위를 많이 타는데, 항호르몬제를 복용한 이후로 갱년기 증상을 겪고 있는 나였다. 평소보다도 열감이 더 많이 느껴지는 탓에 피로가 몰려왔다. 그런 나를 귓전으로 하고 창문에 매미처럼 붙어있는 언니가 전혀 덥지도, 힘들지도 않아 보여서 조금 심통이 났다.

"영종도 그쪽이랑 비슷한데?" "말도 안 돼!" 솔직히 창밖의 풍경보다도, 홍콩 사람도 아니면서 발끈하는 언니의 반응이 훨씬 재밌었다.

버스에서 내릴 때쯤 비가 내리기 시작했다. 비를 쫄딱 맞고 간신히 호텔을 찾아 들어갔는데, 직원이 해사하게 웃으며 룸 업그레이드 도장을 찍어주었다. 짜증으로 가득했던 마음이 조금 풀리는 것 같았다. 창문 밖으로 까만 바다와 빼곡한 빌딩 숲이 보였다.

다음날부터는 종일 바쁘게 돌아다녔다. 홍콩의 무시무시한 인구밀도 탓에 걷기만 해도 혼이 쏙 빠져나가는 것 같았다. 걱정했던 더위나 향신료를 잠시 잊어버릴 정도였다. 언니가 혼자 여행할 때 먹었다는 딤섬도 맛있게 먹었다. 똑같은 곳에 오면 재미가 덜 하지 않냐는 나의 말에, 같이 오니 여러 가지 종류를 맛볼 수 있다며 언니가 웃었다. 확실히 자매는 좋다. 레몬과 생강을 넣은 뜨거운 콜라 같은 이상한 음료를 마시면서도 함께 낄낄거릴 수 있으니까. 해가 질 때쯤 홍콩의 대표적인 야경 명소라는 빅토리아 피크에 올라갔다. 하늘은 주홍빛으로 물들었다가 점점 까맣게 변했다. 좁은 땅을 가득 메우고 있던 건물들이 자취를 감추고, 아직 불이 꺼지지 않은 창문들이 별처럼 빛나기 시작했다. '이래서 언니가 홍콩을 좋아하는구나!' 화려한 야경에 넋을 잃은 나에게 언니가 또 물었다. "홍콩 좋지?" 내가 졌다. 그래 좋다, 좋아!

"내가 좋아하는 것을 너한테도 다 보여주고 싶었어."

여름밤의 공기가 습습할 때, 혹은 갱년기 증상으로 잠이 오지 않는 열대야에 종종 그날 밤을 떠올린다. 사실 아직도 홍콩의 매력이 뭔지 알쏭달쏭하다. 다만 나는 언니를 좋아하고, 그래서 언니가 좋아하는 그곳에 대한 기억도 좋다. 까만 밤 야경을 담은 머루 같았던 언니 눈을 보면서 생각했었다. 타인의 취향에 관심을 갖는 것, 그게 애정이고 사랑이라고.

그럼에도 불구하고

디지털카메라가 당연한 요즘에도 필름 카메라를 고집하는 사람이 꽤 있다. 나의 지인은 결과물을 미리 볼 수 없다는 점이 매력이라고 했다. 디지털카메라가 상용화될 때는, 마음에 들지 않는 사진을 바로 골라낼 수 있는 것이 장점이었다. 그러나 여전히 '불편한' 필름 카메라를 사랑하는 그에게는 잘못 찍은 사진도 하나의 추억이다.

아날로그는 비효율적이다. 그러나 나는 세상에 존재하는 모든 비효율을 좋아한다. 불확실한 순간의 감정에 확실한 시간과 돈을 투자하게 만드는 '사랑'이나, 얼굴도 모르는 조상님에게 온 가족이 모여서 차리는 '제사상' 같은, 오로지 비효율로써 가치를 다하는 그런 것들 말이다. 그래서 내겐 '그럼에도 불구하고'라는 말은 의미가 있다. '있는 그대로'로써 존재 이유가 되는 순수함이라고 해야 하나.

아마 내가 홍콩을 좋아한 이유도 그런 맥락 때문이었을 것이다. 안 그래도 좁아터진 홍콩에, 교통 혼잡을 야기할 수 있는 오래된 교통수단인 트램이 남아있다는 사실은 꽤 로맨틱하다. 더는 필요하지 않을 것 같지만, 아이러니하게도 그것이 홍콩의 매력이 된다.

엄마와 토마토

내가 '엄마'하면 가장 먼저 떠올리는 모습은 토마토를 끓이고 있는 모습이다. 약간 구부정한 등 너머로 모락모락 연기가 피어오르고 새콤한 냄새가 진동한다. 어느 날, 아침을 먹으며 텔레비전을 켰다. 프로그램의 진행자는 상기된 목소리로 '암을 이기는 음식은 토마토입니다!'라며, 토마토의 효능을 설명했다. 확실히, 토마토에 들어있는 리코펜이 항산화에 좋은 것은 사실이다.

토마토를 먹기 시작한 것은 그날 저녁부터였다. 나는 토마토를 자주 먹으면 좋지만 군이 매일 먹을 필요는 없다고 생각했다. 하지만 엄마는 종교에 심취한 것처럼 토마토를 끓였다.* 실제로 정성스럽게 끓여낸 토마토의 새빨간 빛은 퍽 먹음직스럽다. 그러나 맛은 별개의 문제이다. 나는 그 특유의 풋내가 싫었다. 그러나 엄마는 매일 내게 토마토를 먹었고, 혹시라도 빼먹은 날엔 불같이 화를 냈다. 처음에는 별 생각 없이 주스처럼 마셨지만 3년이 지나자 나의 입맛도 한계에 부딪혔다.

엄마가 만들어준 토마토 병조림이 짐처럼 느껴졌던 순간도 많았다. 정신없이 베트남 남부 여행을 준비하고 있었다. 잠시 자리를 비운 사이 엄마가 유리병들을 캐리어에 억지로 욱여넣고 있었다. 캐리어가 닫히지 않는 모습을 보고는 나는 짜증을 버럭 내며 절반을 덜어냈다. 그리고 화장품 파우치를 넣느라 하나 더 뺐다. "거기도 토마토 정도는 있겠지!" 캐리어를 끌자 덜그럭. 덜그럭하고 유리병끼리 부딪치는 소리가 났다. 나는 그 소리가 여행 내내 귀에 거슬렸다.

베트남 무이네의 사막은 사막보다는 사구에 가까웠다. 일몰까지 기다릴 심산으로 모래언덕에 앉아있었다. 사방에서 바람이 불어대는 탓에 자꾸만 모래가 날렸다. 까끌까끌한 모래가 입안을 굴러다녔다. 모래를 퉤, 퉤, 거리면서 뱉고 있자니, 아래에서 사람이 몇 명 올라오는 것이 보였다. 얼핏 보기에도 가족 같았다.

'만약 우리 가족이 여기 함께 있다면 어땠을까?'

환갑이 멀지 않는데도 장난기 넘치는 아빠는 모래 썰매를 신나게 타실 것 같다. 어쩌면 타고난 친화력으로 베트남인 친구를 열 명은 사귀었을지도 모르겠다. 호리호리하고 피부가 뽀얀 언니는 파스텔 톤의 아오자이가 예쁘게 어울릴 것 같다. 하지만 즐거운 상상은 오래가지 못했다. 유독 한 사람. 엄마만큼은 웃는 얼굴이 아니었기 때문이다. 엄마는 사막에서 토마토를 구하지 못해 울상이었다.

코끝이 시큰해졌다. 가족을 생각하며 떠올린 모습이 웃는 얼굴도 아니고 다정한 목소리도 아니고 고작 토마토 따위를 구하지 못해서 울상인 얼굴이라니. 문득 캐리어에서 토마토를 빼버린 것이 생각났다. 엄마의 토마토는 그냥 토마토가 아니었다. 빨갛고 부드럽고 따뜻한, 나를 향한 엄마의 사랑이었다. 그런 생각이 들자 한없이 미안했다. 여행을 앞두고 내 머릿속에는 내내 여행지에서 생길 새로운 에피소드 따위로 가득했다. 내 걱정뿐인 엄마의 마음은 토마토 병조림처럼 내버려 뒀다. 무이네가 자랑하는 붉은 모래언덕에서 빨갛게 지는 태양을 바라보았다.

집에 돌아온 것은 2주 만이었다. 엄마는 내가 집을 떠날 때와 같은 모습으로 토마토를 끓이고 있었다. 시간이 멈춘 것 같은 모습이다.

"냉장고 안에 오늘 먹을 건 있어."

역시. 오늘치 토마토 병조림이 냉장고 한가운데를 차지하고 있었다. 잘 밀봉된 유리병을 열고, 차가운 상태로 한 모금 들이켰다. 3년째 한결같은 새콤하고 쌉쌀한 맛이다. 토마토 병조림은 살짝 데친 토마토 껍질을 벗기고, 자른다. 그리고 다진 양파와 마늘을 넣고 끓인다. 그것을 한 번 더 갈아서 흐물흐물해지면 소독한 병에 채워 밀봉해서 만든다. 생각만 해도 번거로운 과정이다. 이유식처럼 건더기가 굵고 입자가 고르지도 않다. 마시고 나면 병 바닥에 잔여물 같은 것이 남는다. 재료들을 넣고 한 번에 갈아버렸다면 만들기도, 먹기도 편했을 텐데 마치 요령 없는 엄마와 같다. 숟가락으로 남은 병조림을 싹싹 긁어서 말끔하게 떠먹었다.

"딸 배고파? 오늘은 웬일로 토마토를 이렇게 맛있게 먹어?"
"사막에서 못 먹은 것 다 먹으려고요."

싱겁긴. 하고 엄마는 토마토 냄비를 유리병에 옮기기 시작했다. 새콤한 냄새가 집 안 가득 퍼진다.

여전히 나는 토마토를 먹어서 암이 낫는다고는 생각하지 않는다. 그러나 토마토 병조림은 가장 완벽한 사랑의 형태일지도 모른다.

---

* 토마토는 날 것보다 익힌 것이 좋다고 한다. 그래서 엄마는 형태가 없어질 때까지 오래도록 끓여서 마시게 했고, 때로는 소고기, 양파를 넣어 볶아서 밥 대신 먹기도 했다.

걱정을 해서 걱정이 없어지면 좋겠네

2007년 6월 25일, 캄보디아 프놈펜에서 서쪽으로 130km 떨어진 캄포 지역의 키리롬 산기슭에서 비행기 추락 사고가 일어났다. 낡은 기체와 조종사의 판단 실수에서 생겨난 사고였다. 수많은 인명피해를 일으킨 비극은 연일 보도되었다. 이 사건은 당시 고등학교 3학년이었던 나에게도 큰 충격이었다. 나는 수능이 끝나면 바로 앙코르 와트를 보러 가겠다고 계획을 세웠었다.

앙코르와트에 가겠다는 계획은 무산이 되었지만, 대학생이 된 이후로 틈틈이 여행을 다녔다. 그러면서도 캄보디아만큼은 매번 버킷리스트로 남겨두었다. 아직은 위험할 것 같았다. 결국 내가 캄보디아에 간 것은, 그 사고 이후로 꼬박 12년이 지난 다음이었다.

"헤이, 두유 원트 앙코르 와트?"

세 걸음마다 한 번씩 들리는 말이다. 씨엠립에서는 '앙코르 투어'를 해주겠다는 호객꾼들을 자주 만날 수 있다. 그런데 가만

보면, 가이드를 자처하는 이들의 얼굴이 유독 앳되다. 캄보디아는 세계에서 평균연령이 가장 어린 국가이다. 크메르 루주 집권 당시 성인의 대부분이 학살당했기 때문에 노인이 거의 없다고 한다. 고민하던 중 한국어가 들렸다.

"나 한국말 잘해요. 앙코르 유적지 설명도 할 수 있어요."

철수라는 별명의 캄보디아 청년과 함께 유적지를 둘러보기로 했다. 앙코르 유적의 총면적은 무려 광주광역시의 면적과 비슷할 정도로 넓다. 그래서 하루에 다 돌아보는 것이 아니라, 며칠에 걸쳐 나누어 본다고 한다. 캄보디아 여행의 목적이었던 앙코르 와트는 앙코르 유적지에 속한 수많은 사원 중 하나였다. "이건 앙코르 톰 이에요." "여긴 따 프롬 이에요. 영화에도 나온 곳이에요." 일로써 매일 앙코르 유적지를 볼 텐데도, 철수는 매 순간 들뜬 목소리였다. 그 자랑스러운 표정이 마치 할머니의 자개 장식장을 자랑하는 유치원생 같았다.

내가 보기에 앙코르 유적은 캄보디아 그 자체이다. 현대 젊은이들은 수 세기 전의 유적지에 애정과 자부심을 느끼고, 그 유적지는 경제적, 문화적 지표로써 현대 캄보디아인들을 지탱해 주고 있었다. 유적지의 보존 상태는 완벽하지 않다. 곳곳에는 깨진 돌무덤이나 잘린 불상 머리 등 역사의 아픈 흔적들이 남아있었다. 그러나 풍경만큼은 더없이 평화로웠다. 바위의 상처는 초록색 이끼가 폭신하게 감싸고 있었고, 그곳에서 만난 캄보디아인들의 미소에는 긍지와 희망이 가득했다. 세상의 모든 근심 걱정이 사라진 것만 같았다.

'진작 와볼 걸. 나는 뭐가 그렇게 두려웠던 걸까?' 포근한 잔디를 밟으며 유적지 주변을 걷고 또 걸었다. 처음 앙코르와트를 꿈꾸던 10대 시절의 나를 떠올리면서.

그러고 보면 나도 참 많은 걱정을 하고 살아왔던 것 같다. 그간 내가 해온 걱정들은 성적, 취업, 인간관계, 승진 등 더 윤택한 삶을 위한 고민도 있었지만, 꼭 그런 것도 아니었다. 애초에 캄보디아에서 난 비행기 사고 기사를 보고 캄보디아 여행을 12년이나 미루지 않았던가.

지나고 보니 걱정의 결과는 허무하다. 성적은 고만고만했고, 인간관계는 혼자 잘해서 유지할 수 있는 것이 아니었다. 심지어 승진 준비와 이직 사이에서 실컷 고민하던 직장은 암 진단과 함께 물거품처럼 사라져버렸다.

과도한 걱정은 스트레스만 받을 뿐, 좋은 결과를 불러오지 않는다. 워낙 잔걱정이 많은 나에게는 조금 어려운 일일지도 모르겠지만, 가급적 오지 않은 미래에 대한 걱정은 넣어두고 싶다. 일찍이 '걱정을 해서 걱정이 없어지면 걱정이 없겠네'라는 속담을 만든 티베트 사람들처럼.

생일 축하해

방콕의 딸랏롯파이 야시장에는 가게마다 전등을 달아둔 천막이 있어서 멀리서 보니 마치 하나의 거대하고 알록달록한 조명 같았다. 이것저것 구경하다가 한 물건에 눈길이 갔다. 어디서 많이 본 것 같은 찻잔이었다.

두 달 전에 부산에 놀러 가서 우연히 한 소품 가게에 방문한 적이 있다. 그곳에서는 베트남과 태국 등지에서 한참을 살다가 귀국했다는 주인이 각국에서 모아온 소품을 팔고 있었다.

"이거 얼마예요?" 눈에 띈 것은 단색의 심플한 찻잔이었다. 사실 찻잔이라고 부르니 뭔가 고급스러운 물건인 것 같지만, 한 번 잘못 떨어뜨리면 마치 깡통처럼 찌그러질 것 같은 컵과 컵 받침이었다.

"이만 팔천 원이요."

잘못 들었다고 생각하기에는 가게 주인의 발음이 너무 또렷하게 귀에 꽂혔다. 가격의 정당성에 대해서 반문하자니 왠지 예의가 아닌 것 같은 기분이 들었다. 결국 아무 말도 못 하고 돌아섰는데, 그때의 그 컵을 방콕에서 다시 만나다니! 원래 좀 비싼 물건일까? 그래도 현지에서 직접 사면 아무래도 조금은 더 저렴하지 않을까.

"원 트웬티 밧!"

얼만지 계산해보다가 그만 헛웃음이 나올 지경이었다. 120밧, 대략 한화 오천 원 남짓이었다. 이만 팔천 원에 살 뻔했던 것과 비교하면 정말 저렴한 가격이다. 하지만 기왕 방콕에 온 거, 현지 시장에서는 가벼운 흥정이 재미 아니겠느냐 생각하며 가볍게 입을 열었다.

"디스카운트~?"

내 말에 가게 주인은 미소를 지으며 손을 내저었다.
"에이, 좀 깎아주세요. 나 오늘 생일이란 말이에요!"

어디서 이런 고집이 튀어나왔는지 모르겠다. 생일이니까 깎아달라는 뻔뻔한 내 말에 가게 주인이 웃음을 터뜨렸다. 결국 깔끔한 가격 100밧에 합의를 볼 수 있었다. 포장된 찻잔을 받고

의기양양하게 돌아서는데 주인이 나를 불렀다. 돌아보니 그가 무언가를 내밀고 있었다. 작은 강아지 모양 인형이었다.

'뭐지? 깎아줬으니까 이것도 사라는 건가?' 하는 수 없이 동전 지갑 지퍼를 열었는데, 그의 말은 생각지도 못한 생일 축하였다.

"해피 버스데이!"

아. 갑자기 미안해졌다. 그는 정말 오늘이 내 생일인 줄 아는 걸까? 원래 가격 흥정도 잘 못하는 성격인데 오늘 무슨 생각으로 그런 헛소리를 했을까? 20밧, 천 원도 안 되는 돈이다. 내가 무슨 부귀영화를 누리겠다고 그걸 깎으려고 했지? 한참을 우물쭈물하다가 어렵게 말했다.

"미안해, 오늘 내 생일 아닌데 장난친 거였어."
그러자 주인이 미소를 가득 띤 채 말했다.
"알아."
"응? 그럼 이건 왜 주는 거야?"
"다음 생일을 미리 축하해 주려고. 그땐 우리가 못 만날 수도 있잖아."

인형을 받아들며 내가 어떤 표정을 지었는지 모르겠다. 생각해보면 수많은 여행객을 상대로 장사하는데 그간 이런 농담한 사람 한 명 없었겠는가. 사실이 아닌 걸 알면서도 웃으며 응해주고, 심지어 내년 생일을 미리 축하해 주다니. 그는 스쳐 지나갈 사람을 인연으로 만드는 방법을 아는 사람이었다. 다음에 만나면 꼭 내가 그의 언제인지 모르는 생일을 축하해 줘야지. 지금도 그때를 떠올리면 기분이 마시멜로처럼 말랑말랑하다.

눈이 마주치고, 인사를 나누고, 작별하는 시간

사진 속 해맑은 미소를 볼 때면
문득 그 짧았던 순간을 떠올릴 때면
나는 빈틈없이 행복해지겠지.

딱 한나절 머문 곳이 일 년 내내 그립기도 하고
한 끼 먹어본 음식이 자꾸 당기기도 하는 법
찰나는 사랑에 빠지기 충분한 시간

사진 속으로 들어온 3초의 미소

4부

날
마
다
좋은
하루

행복한 인생을 살겠다는 것은 거창하게 들릴지 몰라도,
행복한 하루를 사는 것은 몹시 어려운 일은 아니다
인생은 하루의 연속이다, 그런 생각을 한 뒤부터는
사람들에게 항상 똑같은 안부 인사를 한다. 마치 주문처럼

'좋은 하루 보내!'

행복한 하루가 쌓이면 행복한 인생은
저절로 살아지지 않을까

나는 살고 싶고 여행도 가고 싶어

'암 걸릴 것 같다' '힘들어 죽겠다' 등은 너무 흔하게 쓰여서 그 말이 가진 본연의 뜻을 잃은 말이라고 생각한다. 삶과 죽음은 언제나 한 끗 차이라서 그런지 너무도 아무렇지 않게 말하고는 한다.

'죽고 싶다.'

나는 이제껏 몇 번이나 그런 말을 하고 살았을까?
그중 몇 번이나 진심이었을까?

막상 암 진단을 받고 진짜 죽을지도 모른다는 생각이 들자 무서워졌다. 세상에는 죽겠다고 습관처럼 말하는 사람이 많은데, 병원에 죽고 싶은 사람은 한 명도 없었다. 나 또한 그간 입으로 셀 수도 없이 삶을 버려왔던 것이 무색하게 너무도 살고 싶었다.

그런데 치료가 끝나고 막상 살아남으니, 내 삶이 그저 연명

같이 느껴지는 무기력한 날들이 계속되었다. 오히려 쉽게 죽고 싶다고 말할 때보다 하고 싶은 것도, 할 수 있는 것도 없었다. 내가 그런 무기력증에서 벗어나게 해준 것이 여행이었다. 꼭 여행일 필요는 없었을지도 모르겠지만 당시의 나에게는 꼭 여행이어야 했다. 더 많은 곳을 가고 다양한 경험과 새로운 사람들을 만나고 싶다.

그래서 앞으로도 나는 살고 싶고 여행도 가고 싶다.

버킷리스트는 테킬라 한 잔

술을 끊은 지 올해로 3년째! 앞으로 2년 남았다.

보통 암이 5년간 재발하지 않으면 완치로 보기 때문에, 최소 5년간은 술을 끊기로했다. 암 환자라고 술을 완전히 끊어야 하는 것은 아니다. 와인이나 맥주를 한두 잔 즐기는 분들도 많다고 들었다. 하지만 건강한 사람에게도 좋을 거 없는 술이 아픈 나에게 좋을 리 없다고 생각했다. 재발에 대한 걱정 말고도 자제력이 부족함을 스스로 잘 알기에, 한 잔으로 끝날 리 없다는 생각으로 마음을 다스리는 중이다.

5년 뒤에 완치 판정을 받으면 그때 축배를 들리라. 그러다 보니 이상하게도 전보다 술에 관심이 더 간다. 그리고 때때로 술을 마시는 내 모습을 상상해 보곤 한다. 얼마나 애절한지 종종 한 잔 마시는 꿈도 꾸는데, 하도 마신 지 오래되어 꿈에서마저 술맛이 잘 안 느껴진다. 그래서 매번 싱겁게 입맛만 다시고 잠에서 깬다. 그런 날 아침에는 괜히 목이 더 마른 기분이라 맹물만 세 컵도 들이킨다. 당장 마실 수 있다면 나는 어떤 술을 고를까?

맥주? 소주? 흔하고 익숙한 술은 안 된다. 5년이나 참았는데, 기왕 마실 거면 정말 특별한 술을 마셔야지. 고민 끝에 답은 테킬라로 정해 두었다. 바로 '멕시코에서 마시는 테킬라'로.

스페인어로 '마시다'라는 뜻의 동사 'tomar'에 대해 배울 때였다. 선생님은 동사의 변형 규칙을 멕시코의 테킬라와 연관지어서 설명하기 시작했다. 그러다 보니 테킬라가 얼마나 시원하고, 저렴하고, 맛있는지에 대해서까지 듣고 말았다. 그리고 손등에 올려둔 소금을 핥으면서 쭉 들이켜 마신다는 것까지! 정말이지 더는 맛있는 술은 알고 싶지 않았는데! 강의 한 편이 끝날 때쯤 내 머릿속은 그저 '데킬라를 마셔보고 싶다'는 생각으로 가득했다.

나에게 버킷리스트란 남들에게 보여 줄 만한 대단한 것이어야 한다는 일종의 고정관념이 있었다. 집과 차를 산다던가, 어학시험 자격증을 취득한다던가. 그러나 요즘은 작아도 반드시 이룰 수 있는 것들 쪽으로 바뀌었다. 그런 나의 버킷리스트 맨 첫줄에 '멕시코에서 테킬라 마시기'가 들어간 것은 그리 이상한 일도 아닐 것이다.

성인이 되고 약 8년간 다양한 술을 (꽤 많이) 먹어봤지만 썩 기억에 남는 것은 없었던 만큼, 테킬라 자체의 맛은 아무것도 아닐 수도 있겠다. 어쩌면 너무 독해서 인상이 찌푸려질지도 모른다. 하지만 그냥 테킬라가 아니다. 무려, '완치 판정'을 받아서 '멕시코에 가서' 먹는 테킬라이다!

여행의 즐거움을 담뿍 담아 달콤한 맛이 날 것 같기도 하고, 어쩌면 지긋지긋한 암 환자의 꼬리표를 떼고 마시는 술이니 그저 시원할지도 모르겠다.

그때 나는 그 데킬라를 원 샷 할까? 아니면 5년 만에 먹는 것이니 아껴 먹게 될까?

삶은 계란

'그럼 이제 뭐 해요?'

유방암 표준 치료를 마치고 기쁨에 들뜬 내게 어떤 사람이 댓글을 달았다. 별로 어려운 질문도 아닌데 선뜻 답을 할 수 없었다. 그러게, 앞으로 뭘 해야 할까? 수술, 항암, 방사선치료를 마치고 나면 나의 치료 계획에는 호르몬 치료만 남는다. 치료라고 해 봤자 4주에 한 번씩 주사를 한 방 맞고 매일 약을 한 알씩 먹는 것이 전부이다. 그러나 비교적 간단한 과정만이 남았다는 안도감은 잠시였다.

호르몬 치료가 방법은 간단할지라도 기간이 무려 10년이기 때문이다. 그리고 동시에, 6개월마다 한 번씩 몸에 암이 재발하지 않았는지 각종 검사를 받는다. 아마 암 검진은 평생 받아야 할 것이다. 과연 10년 후에는 지긋지긋한 암 환자에서, 재발의 공포에서 벗어날 수 있게 될까? 아무도 가르쳐 줄 수 없는 문제 때문에 시작된 생각이 생각의 꼬리를 물었다.

나는 왜 삶에서 안 겪어도 되는 일들을 겪어야 했을까? 그렇다면 삶이란 뭘까? 대체 뭐길래 이렇게 고통스러울까.

　그런 고민 끝에 내린 결론은 삶은 계란이라는 것이다. 말장난을 빼고서라도 삶과 계란은 꽤 닮아있다. 우선 작지만 모든 것이 담겨있다. 그리고 닭이 먼저인지 달걀이 먼저인지처럼, 알쏭달쏭한 문제가 따른다는 점이 닮았다. 가장 비슷한 점은 언젠가는 껍질을 깨야 한다는 점이다. 흔히 무리한 시도를 빗대어 계란으로 바위 치기를 한다고 말한다. 그러나 계란이라고 다 같은 계란은 아니다. 바위에 부딪힐 때, 내가 날계란이라면 힘없이 깨질 것이고 삶은 계란이라면 껍질을 벗는 거겠지.

　'아프락사스! *'

　나를 둘러싸고 있는 껍질을 깨고 나와야 새로운 세상을 만날 수 있다. 알 껍질은 어린 생명을 위해서는 깨지면 안 되는 것이다. 포근하고 아늑한 안식처에는 필요한 영양분이 가득하다. 그러나 누구도 평생 엄마의 배 속에서 머물러 있을 수는 없는 것처럼, 현재를 벗어나야 하는 상황은 반드시 찾아온다. 바위에 부딪혀야 계란껍질에도 금이 간다. 그 과정은 고통스러울 것이다. 정답이 있는 것도 아니고, 누가 대신해 줄 수도 없다. 어쩌면 지금 겪고 있는 막연한 두려움은 언젠가 내가 깨야 할 수많은 나의 껍질 중 한 겹이 아닐까? 이미 암에 걸리기 전으로 돌아갈 수는 없다. 완치 판정을 받는다고 암에서 완전히 벗어나는 것도 아니다. 그렇지만 나의 삶은 계란처럼 계속 굴러가고 언젠가 세상에 나와야만 한다.

나는 스물여덟 살까지 평범한 20대의 삶을 살았다. 그러다 젊은 나이에 중증 환자가 되고, 치료를 받는 동안 내가 속했던 사회 모두를 등졌다. 그리고 다시 알 속으로 들어간 지도 어느새 3년이 지났다. 이제는 알에서 나가고 싶다. 낯선 세계를 만나고 여러 모험을 통해서, 나만의 기준을 찾고 나 자신이 되기 위해 살고 싶다.

---

* 새가 알에서 나오려고 싸운다. 알은 곧 세계이다. 태어나려고 하는 자는 하나의 세계를 파괴해야만 한다. 그 새는 신을 향해 날아간다. 그 신의 이름은 아프락사스다. _ 데미안, 『헤르만 헤세』

'그럼 이제 뭐 해요?'라는 댓글에
답할 말을 정했다.

'세상 밖으로
나갈 생각이에요'

날마다 좋은 하루

〜〜〜〜〜

　　나는 그다지 자기주장이 없는 사람이다. 의견이 어느 한쪽으로 치우치는 것도 좋아하지 않는다. 그런데도 세상을 흑 아니면 백으로만 생각하는 버릇이 있는 것 같다. 아프기 전의 나, 아픈 나. 여행 중인 나, 여행 중이 아닌 무기력한 나. 좋은 날, 좋지 않은 날. 하지만 정작 '그날'은 좋지도 나쁘지도 않은 평범한 여름날이었다.

　　유난히도 더운 날씨 탓에 냉면이 당겼다. 마침 주변에 불 냉면이 유명하다는 가게의 간판이 보였다. 복작거리는 냉면집 구석에 앉아 '불은 보통 맵고 뜨거운 음식을 부르는 말 아닌가?' '불과 냉면이라. 참 안 어울린다.' 따위의 시답잖은 생각을 하고 있자니 금방 내 앞에도 커다란 냉면 그릇이 놓였다. 살얼음이 동동 떠 있는, 새빨간 소스가 잔뜩 뿌려진 냉면. 그야말로 시원했지만, 너무 매웠다. 나는 매운 음식을 좋아하지만 잘 못 먹는다. 항암치료 중에 엽기떡볶이를 조금 먹었다가 역류성 식도염을 얻은 적도 있다. 2주일 내내 오른쪽으로 누워 자며 고생을 해 놓고 또 매운 냉면을 먹으러 오다니. 냉면 한 젓가락에 물 한 컵을 번갈아 마시던 내 옆자리에 한 쌍의 남녀가 자리를 잡았다. 걱정이라고는 해 본 적도 없을 것 같은 풋풋한 대학생들이었다. 데이트하나 보네, 조금 부럽다는 생각이 들었다.

"왜 이렇게 오랜만이야, 잘 지냈지? 요즘은 뭐 하고 지내."
엿들으려고 한 건 아닌데, 자리가 가까워서 들렸다.

"뇌출혈이었어."

'-었어.'라는 말이 너무 대수롭지 않게 들리는 바람에 자칫, 별일 아니라고 생각해 버릴 뻔했다. 남자 맞은편에 앉은 여자의 두 눈이 주먹만 하게 커졌다. 꼭 물냉면 그릇 위의 삶은 계란 반쪽 같았다.

남자는 군대 생활 중 갑자기 쓰러졌고 뇌출혈 진단을 받았다고 했다. 큰 수술을 두 번 했는데 머리카락 덕분에 흉은 안 보이지, 하고 씩 웃는다.

"힘들었겠다. 오빠. 이제 괜찮은 거야?"
"불편한 거 없어. 약만 잘 먹으면 된대."
"약? 무슨 약 먹어?"
"간질약."

충격적이었다. 병이 사람을 가리지 않는다는 것을 일찍이 경험한 나였다. 하지만 남자는 속 사정을 알고 봐도 너무나 건강해 보였다. 키 180은 족히 넘어 보이는 건장한 체격의 그는 어쩌면 살면서 건강 걱정은 단 한 번도 해본 적 없을 것 같아 보이기도 했다. 어쩐지 더는 엿듣기가 미안한 기분이 들었다. 냉면을 먹는 둥 마는 둥 하며 서둘러서 식사를 마쳤다.

문 앞에서 살짝 뒤를 돌아보니 유리창 너머로 남녀는 냉면을 앞에 둔 채, 웃으며 이야기를 나누고 있었다. 남자의 웃는 얼굴은 근심 한 점 없이 밝아 보였다. 그들의 대화를 듣지 못했다면, 나는 마냥 '어리고 건강해서 좋겠다'라며 부러워했을 것이다. 그들의 사정은 알지 못한 채로.

비교적 젊은 나이에 큰 병을 앓고 난 후로 나를 제외한 모든 사람이 행복해 보이곤 했다. 그래서 항상 세상을 이분법으로 나누곤 했는지도 모른다. 아픈 사람, 아프지 않은 사람. 행복한 사람, 행복하지 않은 사람. 하지만 '그날' 이후로 남에 대하여 함부로 단정 짓는 것을 그만두었다.

잘 모르는 사람이 본다면, 나도 꽤 인생 재밌게 사는 친구일 것이다. 생계를 위해 출근 중이거나, 시험을 준비하며 고뇌 중인 누군가가 나를 부러워할지도 모르겠다. 스물여덟 살부터

암 치료를 받고 있다는 것. 여러 번 죽음을 생각했었다는 것. 매 순간 두려워하면서도 꾸역꾸역 살아내고 있다는 것. 이런 것들은 제대로 말한 적이 없으므로. 보이는 것이 다가 아니라는 것. 그리고 누구나 제 몫의 무게가 있다는 것. 이 어렵고도 당연한 진리를 만난 곳은 마라케시도, 런던도, 바르셀로나도 아닌 동네의 허름한 냉면 집이었다. 비일상에서 얻을 수 있는 것과 일상에서 얻을 수 있는 것은 어쩌면 종이 한 장 정도의 차이가 아닐까.

저
녁
놀

엉킨 실타래를 푸는 중입니다

심상 치료 방법 중 실타래 치유가 있다. 내담자가 지닌 문제를 형태학적 측면으로 보아 엉켜있는 실타래와 같은 마음의 기능과 상태에서 비롯된다고 파악하며 그 엉킴을 풀어가는 작업이다.

혹자는 실타래 따위, 끊어버리면 되지 않느냐 되묻는다. 그러나 엉킨 것을 끊어버리면 당장 해결되는 것으로 보일 뿐 근본적인 해결책이 될 수는 없다. 잘린 단면을 온전히 처음의 상태로 되돌릴 수는 없기 때문이다. 문제 중에서는 뜻밖에 간단하게 해결되는 것도 있지만, 한번 꼬여버린 것은 대부분 쉽게 풀어지지 않는 법이다.

이제야 말하지만 3년간의 투병으로 몸도 마음도 꽤 지쳐있었다. 뒤죽박죽 엉켜버린 감정이 자꾸만 자신을 괴롭혔다. 그러고 싶지 않은데 조금 건드리기만 해도 눈물이 터져버리곤 했다. 나도 모르는 사이 생겨난 실타래는 점점 커졌고 그대로 삼켜질 것만 같은 나날이었다. 여행을 가도 즐거운 것은 그때뿐, 다녀오고 나서는 다시 우울한 감정이 고개를 내밀었다. 그래서 끊임없이 다음 여행 계획을 세웠다. 어느새 삶에서 여행은 뗄 수 없는 것이 되었다.

지난날의 이야기를 글로 적기 시작했다. 처음 암 진단을 받고 눈앞이 깜깜해진 순간, 수술실에서 못 깨어날까 봐 미리 유서를 쓰던 입원 전날 밤, 라오스의 호텔 천장에 붙어있는 도마뱀이 떨어질까 봐 눈을 뜬 채 밤을 지새웠던 날, 방비엥에서 처음 다이빙을 할 때의 발바닥이 아릿했던 감각, 사하라사막에서 모두가 와인을 나눠 마실 때 혼자만 찔끔거리던 사이다의 맛 등. 살며 여행하던 3년간의 기억을 생각나는 대로 적고 또 적었다. 기억을 되새김질하는 과정에서 가끔 아팠고, 꽤 여러 번 벅찬 감정을 다시 맛보았다. 글 작업이 끝나갈 무렵에 남에게 새로이 투병 사실을 말할 일이 생겼다. 처음으로 눈물이 한 방울도 나오지 않았다.

분명 젊은 나이에 암 환자가 된 것은 '더럽게' 재수가 없는 일이었다. 그러나 나는 스스로가 불행한 사람이라고는 생각하지 않는다. 운이 없어 병에 걸렸을지언정 치유의 과정을 함께해준 이들이 있었다. 가족, 주치의 선생님, 함께 투병한 환우님들, 여행을 함께한 인연 등. 그리고 행복우물 출판사의 최연 편집장님과의 인연은 커다란 행운이었다.

유난히 더웠던 2019년 7월, 여행의 기록이 어느 정도 쌓여갈 즈음 출판사의 문을 두드렸다. 지금 와서 생각하면 대체 무슨 용기로 그런 도전을 했는지 모르겠다.

글을 배워본 적도 없고, 그다지 써본 경험도 없었다. 투고한 원고는 다시 생각해도 책으로 만들 수 있을 만한 것이 아니었지만, 편집장님께서 발견하신 가능성 덕분에 출간계약으로 이어질 수 있었다. 대신 기존의 원고를 다 버리고 새로 원고를 써보기로 했다. 혼자만의 기록보다는 함께 나눌 수 있는 이야기를 만들기 위해서였다. 갓 걸음마를 시작한 아이처럼 한 문장씩 새로 만들어갔다. 처음 해 보는 '정돈되지 않은 생각을 끄집어내고 문장으로 옮기는 과정'은 절대 녹록지 않은 일이었다. 혼자였다면 진작 포기를 떠올렸을지도 모르겠다. 그러나 편집장님의 꾸준한 독려 끝에 원고는 완성도를 높여갈 수 있었고, 1년간의 집필 기간을 거쳐 마침내 세상의 빛을 보게 되었다. 세상 어느 출판사의 편집장님이 또 이렇게 응원해 주고, 나아가서는 지도까지 해 줄 수 있을까? 내가 그동안 보고, 듣고, 느낀 것을 글로 쓰며 실타래 치유의 과정을 거친 것은 좋은 선생님을 만났기에 가능한 일이었다고 생각한다. 함께하는 시간동안 대학에서 배운 것보다 더 많은 것들을 배울 수 있었다. 지도해주신, 그리고 응원해주신 최연 편집장님께 한 번 더 진심 어린 감사의 말씀을 드린다.

나는 여행과 글이라는 수단으로 여전히 내 몫의 실타래를 풀어가는 중이다. 가끔 답답하기도 하지만, 삶을 똑바로 마주하기로 한 이후로는 솔직해지는 것이 전처럼 두렵지는 않다. 살아가면서 마주하게 될 마음의 문제들도 이렇게 해결해 가고 싶다. 언젠가 가지런하게 정돈된 실 한 필처럼 평온해지기를 바라면서……

낙타의 관절은 두 번 꺾인다　　초판 1쇄　발행　2020년 8월 1일
　　　　　　　　　　　　　　　초판 2쇄　발행　2020년 8월 5일
　　　　　　　　　　　　　　　개정판 1쇄 발행　2022년 7월 29일

지은이　　　에피(조연우)
펴낸이　　　최대석
편집　　　　최연, 이선아
디자인1　　 H.이치카
디자인2　　 김진영, 이수연

　　　　　　펴낸곳　　　행복우물
　　　　　　등록번호　　제307-2007-14호
　　　　　　등록일　　　2006년 10월 27일
　　　　　　주소　　　　경기도 가평군 가평읍 경반안로 115
　　　　　　전화　　　　031)581-0491
　　　　　　팩스　　　　031)581-0492
　　　　　　홈페이지　　www.happypress.co.kr
　　　　　　이메일　　　contents@happypress.co.kr
　　　　　　ISBN　　　　979-11-91384-28-4　03810
　　　　　　정가　　　　16,500원

　　　　　　이 책의 국립중앙도서관 출판예정도서목록(CIP)은
　　　　　　서지정보유통시스템 홈페이지(http://seoji.nl.go.kr와
　　　　　　국가자료공동목록시스템(http://nl.go.kr/kolisnet)에서
　　　　　　이용하실 수 있습니다.

Publisher's Note

instagram

blog

REVIEW X REVIEW

책장을 한 장, 한 장 넘기다 보니 어느새 마지막 페이지에... 솔직히 저도 모르게 조금은 무거운 마음으로 책을 열었던 것 같아요. 그런데 책 속, 여행 속 작가님의 사진과 마주할 때마다 저도 모르게 미소를 짓고 있더라고요. 감당하기 힘든 현실의 감정을 지나 실타래를 푸는 열쇠로 선택한 여행. 그 안에서 작가님은 참 행복해 보였어요. 2년 후에 멕시코에서 데킬라 한잔하며 웃고 있을 작가님 모습을 상상하며 응원을 보냅니다. 누구보다 빛나는 현재를 살고 계시다고 얘기해 주고 싶어요. 힘든 시기 지나고 있으시거나, 여행 좋아하시는 분들 함께 읽어보시면 좋을 것 같아요

from. 인스타그램
@hyunju_chanbyulcalli 님

"행복한 인생을 살겠다는 것은 거창하게 들릴지 몰라도, 행복한 하루를 사는 것은 몹시 어려운 일은 아니다. 그런 생각을 한 뒤부터는 사람들에게 항상 똑같은 안부 인사를 한다. 좋은 하루 보내!" _202p

REVIEW X REVIEW

가볍게 툭툭 내뱉듯 적힌 글자 속에, 결코 가볍지 않은 인생의 무게를 본다.

남은 시간을 위해, 자꾸만 넘어지려는 자신과 투쟁하며, 자신을 다독기리며 나아가는 젊은 작가에게 이 늙은이는 진심으로 경의를 표한다. 그런 작가의 노력이 마음 시리도록 아름답다.

'나는 바꿀 수 없는 날씨에 슬퍼하기 보다 차라리 가진 것 중에서 가장 튼튼한 우산을 들고 나가기로 마음먹었다'

젊은 작가의 입에서 나온 명언이다. 이 짧은 문장 속에 세상과 맞서지 않고, 세상에 흡수되며 세상과 화합하며 잘 어울려 살아갈 그녀의 미래가 보였기 때문이다. 그녀의 그 마음을 배워야겠다.

_from 네이버 블로그
　　　　맑고맑은(miliyam)님

"나는 바꿀 수 없는 날씨에
슬퍼하기 보다 차라리
가진 것 중에서 가장 튼튼한 우산을
들고 나가기로 마음먹었다."_ 56p

자기객관화 수업

현실적응력을 높이는 철학상담

모기룡

가스라이팅   자기객관화

서양철학은 우리도 모르는 사이에 우리의 사고를 주도
하고 있다. 이를 테면,

너 자신을 믿어라 / 주체적으로 사고하라 / 고유한 너 자
신을 찾아라 / 언제나 긍정적인 마음을 가져라 / 세상의
중심은 너다

이런 모토들은 장점도 있지만
그로 인해 외부의 관점을 무시하게 되는
부작용을 낳는다.
구루는 다음과 같이 말한다.

"이 모토들은 자신의 내면에 있는
것이 진짜 자신이라거나 가장
중요하다고 생각하게 만들지요.
그리고 타인들이 생각하는 나의
모습은 가짜이거나 중요하지
않다고 생각하게 만들지요."

행복우물

한 권으로 백 권 읽기 II

고고학–문사철–사회과학–자연과학–인공지능까지!

노벨상의 산실 – 미국 시카고대학교의 비밀!

1890년에 석유재벌 존 록펠러와 몇 명이 힘을 합쳐 세운 시카고 대학은 설립 후 근 40여 년 동안 크게 두각을 나타내지 못하던 학교였다. 그런 대학에 1929년 총장으로 부임한 로버트 허친슨 박사는 '위대한 고전 읽기 프로그램(Chicago Plan)' 운동을 벌인다. 그는 200여 종의 고전을 선정하고 그 중 100여 종을 읽지 않으면 졸업을 시키지 않았다.

처음에는 반발도 거셌지만 그 프로그램을 시작하고 90년이 지난 지금은 '시카고대학교(University of Chicago)' 하면 곧 '노벨상'이라는 등식이 성립하는 단계에까지 이르렀다. 위대한 고전을 읽는 일은 그만큼 중요하다. 사고의 폭이 넓어지면서 무궁무진한 아이디어가 솟아나기 때문이다.

네가 번개를 맞으면 나는 개미가 될거야

장하은

Jang Haeun

출간 즉시
베스트 셀러

**불안장애와
숨고 싶던 순간들,**

**소심하고
내성적인 아이에서
불안한 어른이 된 이야기**

"
너무 좋았습니다. 방에 불을 꺼두고 침대 위에 앉아 작은 태양 같은 조명 아래 있으면 이 책만 읽고 싶은 나날들이었습니다. 읽은 페이지를 또 읽고, 같은 문장을 반복하다가, 홀로 작가님의 글을 더 보고 싶어 책갈피에 적힌 작가님의 인스타에 들어가 보았습니다. 역시나 너무 멋진 분이셨어요. 제게 책을 읽고 먹먹해진다함은 작가가 과연 어떤 삶을 살았기에 이런 글을 쓸 수 있는 걸까, 궁금해지는 것을 말합니다. _ 북리뷰어 Pourmeslivres*님
"

그럴 땐 당황하지 말고 그것도 너의 감정이라는 것을 인정해 줘. 억지로 감정을 바꾸려고 하지 말고. 그 감정에 함께 머물러주며 그대로 표현하게 해보는 것도 필요하거든.
_ 본문 중에서

Jang Haeun

*북리뷰어 Pourmeslivres는 인스타그램에서 진솔하고 적확한 도서 리뷰를 통해 수많은 애서가들에게 호평을 받고 있다. 인스타그램 @pourmeslivres

삶의 쉼표가 필요할 때

R edition

꼬맹이여행자

삶의 쉼표가
필요할 때

**퇴사 후 428일 간의
세계일주**

**여행에세이 1위
<삶의 쉼표가 필요할 때>
리커버 에디션으로 출시!**

이 책은 우선 여행기 보다 한 권의
아름다운 에세이 같았습니다
_ munch님

**출간 후 3년,
꾸준히 사랑 받는
이유가 있다**

**읽으면 꼭
소장하고 싶은
여행에세이**

인생을 알려주고...
(가격) 더 받으셔야 합니다. 책을 읽고
첫 장부터 진짜 울 것 같다가 감동 받았다가
예쁜 말들에 엄마 미소를 짓기도하고
너무 좋은 책이였어요
_ findyourmap0625님

Jang Youngeun

세상의 차가움 속에서도 따뜻함을 발견해내는, 여행 그 자체보다 그 여
정에서 용기와 고통과 희열을 만나는 여행자의 이야기*를 읽고 나면 사
랑하는 이들에게 구구절절 말할 필요도 없이 조용히 이 책을 거네**는
당신을 발견하게 될 것이다

*이병일 시인 추천사 중에서 **태원준 작가 추천사 중에서 / YES24 리뷰 중

사진 예술 요리

뉴욕, 사진, 갤러리 최다운

"깊이 있는 작품들과 영감에 관한 이야기들"

라이선스를 통해 가져온 세계적 거장들의 사진을 즐길 수 있는 기회! 존 시르, 마쿠스 브루네티, 위도 웜스, 제프리 밀스테인, 머레이 프레데릭스, 티나 바니, 오사무 제임스 나카가와, 다나 릭센버그, 수전 메이젤라스, 리처드 애버든, 로버트 메이플소프, 안셀 애덤스, 어윈 블루멘펠드, 해리 캘러한, 아론 시스킨드. 최다운은 뉴욕의 사진 갤러들, 그리고 사진 작품들의 매력과 이야기들을 생동감 있게 전해준다.

내 인생을 빛내 줄 사진 수업 유림

"사진 입문자들을 위한 기본기부터 구도, 아이디어, 촬영 팁, 스마트폰 사진, 케이스 스터디까지"

좋은 사진을 찍고자 하는 사람이라면 누구에게나 도움이 될 수 있는 지식과 노하우를 담았다. 저자가 사진작가로서 경험하고 사유했던 소소한 이야기들도 이 책만의 매력이다. 사진을 잘 찍기 위한 테크닉 뿐만 아니라 좋은 아이디어를 얻는 방법과 저자가 영감을 받은 작가들의 이야기를 섞어 읽는 재미를 더한다.

김경미의 반가음식 이야기 김경미

"건강식에도 품격이! '한식대첩'의 서울 대표, 대통령상 수상 김치명인이 공개하는 사대부 양반가의 요리 비법"

김경미 선생이 공개하는 반가의 전통 레시피
　하나. 균형잡힌 전통 다이어트 식단
　둘. 아이에게 좋은 상차림
　셋. 몸을 활성화시켜주는 상차림
　넷. 제철 식단과 별미음식
그리고 소소하고 행복한 이야기들

● **문장**
X
문장
"손가락 사이로 미끄러지는 빛은 우리의 마음을 헤쳐 놓기에 충분했고,
하얗게 비치는 당신의 눈을 보며 나는, 얼룩같은 다짐을 했었다."
_ 이제, 『옷을 입었으나 갈 곳이 없다』 일부

"곁에 머물던 아름다움을 모두 잊어버리면서 까지 나는 아픔만 붙잡고
있었다. 사랑이라서 그렇다."
_ 금나래, 『사랑이라서 그렇다』 일부

"'사랑'을 입에 담지 말 것. 그리고 문장 밖으로 나오지 말 것."
_ 윤소희, 『여백을 채우는 사랑』 일부

● **경영 경제 자기계발**
○ 리플렉션: 리더의 비밀노트 / 김성엽
　연매출 10조 원, 댄마크 '댄포스 그룹'의 동북아 총괄 김성엽 대표의 삶과 경영
○ 재미의 발견 / 김승일 **+ [대만 수출 도서]**
　"뜨는 콘텐츠에는 공식이 있다!" 100만 유튜브 구독자와 高 시청률 콘텐츠의 비밀
○ 야 너도 대표될 수 있어 / 장보윤 박석훈 김승범 주학림 김성우
　코로나와 경기침체는 스타트업 창업 절호의 기회. 전문가들의 스타트업 성공 메뉴얼
○ 자본의 방식 / 유기선
　카이스트 금융대학원장 추천도서. 자본이 세상을 지배하는 방식에 대한 통찰들

● **인문 사회 독서**
○ 한 권으로 백 권 읽기(1~2) / 다니엘 최
　이 시대에 꼭 필요한 명품도서 300종을 한 곳에 모아 해설과 함께 읽는다
○ 산만한 그녀의 색깔있는 독서 / 윤소희
　특색있는 소설, 에세이, 인문학적 사유를 담은 책들에 관한 독서 마니아의 평설
○ 독특한건 매력이지 잘못된게 아니에요 / 모기룡
　인지과학 전문가 모기룡 박사가 풀어내는 독특함에 대한 철학적, 인문학적 고찰
○ 가짜세상 가짜뉴스 / 유성식
　가짜뉴스의 발생 원인은 뭘까? 가짜뉴스에 대한 통찰력 가득한 흥미로운 여행

● **종교 정신세계**
○ 죽음 이후의 삶 / 디펙 쵸프라 **+ [리커버]**
　죽음, 인간의 의식 세계, 영혼에 대해서 규명한 디펙 쵸프라의 역작
○ 모세의 코드 / 제임스 타이먼 **+ [리커버]**
　좌절과 실패를 경험한 이들을 위한 우주의 비밀들. 독자들의 성원으로 개정판 출시
○ 4차원의 세계 / 유광호
　우리는 어디서 와서 어디로 가는가? 우주의 에너지 정보장, 전생과 환생의 비밀들

행복우물출판사 도서 안내

● STEADY SELLER
○ 사랑이라서 그렇다 / 금나래
"내어주는 것은 사랑한다는 말, 너를 내 안에 담고 있다는 말이다"
2017 Asia Contemporary Art Show Hong Kong,
2016 컬쳐프로젝트 탐앤탐스 등에서 사랑받아온 금나래 작가의 신작

○ 여백을 채우는 사랑 / 윤소희
"여백을 남기고, 또 그 여백을 채우는 사랑. 그 사랑과 함께라면
빈틈 많은 나 자신도 온전히 좋아하며 살아갈 수 있을 것 같다."
'채우고 싶은 마음과 비우고 싶은 마음'을 담은 사랑의 언어들

● BOOK LIST
○ 다가오는 미래, 축복인가 저주인가 - 2032년 4차 산업혁명
이후 삶과 세계 - 김기홍 ○ 길을 가려거든 길이 되어라 -
김기홍 ○ 청춘서간 / 이경교 ○ 음식에서 삶을 짓다 / 윤현희
○ 벌거벗은 겨울나무 / 김애라 ○ 가짜세상 가짜 뉴스 / 유성식
○ 야 너도 대표 될 수 있어 / 박석훈 외 ○ 아날로그를 그리다 /
유림 ○ 자본의 방식 / 유기선 ○ 겁없이 살아 본 미국 / 박민경
○ 한 권으로 백 권 읽기 I & II / 다니엘 최 ○ 흉부외과 의사는
고독한 예술가다 / 김응수 ○ 나는 조선의 처녀다 / 다니엘 최 ○
꿈, 땀, 힘 / 박인규 ○ 바람과 술래잡기하는 아이들 / 류현주 외
○ 어서와 주식투자는 처음이지 / 김태경 외 ○ 바디 밸런스 /
윤홍일 외 ○ 일은 삶이다 / 임영호 ○ 일본의 침략근성 / 이승만
○ 뇌의 혁명 / 김일식 ○ 멀어질 때 빛나는: 인도에서 / 유림

행복우물 출판사는 재능있는 작가들의 원고투고를 기다립니다
(원고투고) contents @ happypress.co.kr